おとら
［イラスト］夜ノみつき
国王である兄から
辺境に追放されたけど
平穏に暮らしたい
2
～目指せスローライフ～

シルク
「わ、私が隣にいるんですの……こっちを見てください！」
マルス
「えっ？……いやぁ」

「では、一緒にまいりましょう」
リン

セシリア
「まったく、マルス殿はつくづく規格外だな」
ライラ
「中身は普通の子なんだけどね……」

国王である兄から辺境に追放されたけど平穏に暮らしたい
～目指せスローライフ～

2

おとら

［イラスト］夜ノみつき

一話

シルクが来てから数日が過ぎ、ようやく色々と動き出した気がする。

俺の給料やリンの給料、レオ達獣人達の給料。

都市の中から募集をして、文官を集めたりして、少しずつ前へ進んでいる。

となると、俺の仕事はダラダラと言いたいところですが……はぁ、まだまだできそうにありません。

自分の部屋の中で、これからのことを考えていると……寒気がする？

なんだろ？　頭も痛い気がするし、風邪かな？

「スン……クシュン！　……ズズー」

「へ、平気ですの!?」

「へ、平気だよ」

シルクが近づいてきて、座っている俺のおでこに手を当てる。

うわァァ！　胸が！　胸が近い！　フルフルしとる！

暖かい部屋の中なので、締め付けが緩めの洋服を着ている。

なので前かがみになると、色々見えそうで危ない。

本人は気づいてないのか、一生懸命に俺を触っているし。

「マルス様？　……どんどん熱が上がってますわ！」

「い、いや！　これは違うから！」

熱が上がってるのは違うところだから！

「た、大変ですの！　早くソファーに！」

「わ、わかったから！」

シルクに引っ張られ、ソファーに横にされる。

もちろん、膝枕である……はい、最高です。

リンの筋肉質な感じも良《い》いけど、シルクのモチッとした感じも良い。

「マルス様、その……ニヤニヤしないでください」

「ご、ごめんね、つい気持ちよくて」

「もう！　殿方は仕方ありませんわ」

これは分が悪い、早急に話題を変えないと。

「それより、そういう服には慣れた？」

「そ、そうですね。少し、心もとないですけど」

正真正銘、紛《まが》う事なき侯爵令嬢のシルクさん。

普段の服は、人が手伝って着せるような豪華なドレスが基本です。

しかし、ここには使用人は最低限しかいません。

つまり、一般の人が着るような布の服を着るわけですね。

故に、さっきのようなことも起きると……ありがとうございます！

「以上が説明となります」

「マルス様？　何をぶつぶつ言ってますの？」

「いや、何でもないよ。シルクは可愛《かわい》いから、何でも似合うってことさ」

「まあ！　マルス様ったら！」

そう言い、両頬に手を当てて身をよじる。

おっふ、やばいくらい可愛い。

しかし手を出すとオーレンさんに殺される……結婚すれば手を出して良いのかな？

でも、そのためには実績がいるよね。

「うーむ……」

実績を作るには、領地を改革する必要があると。

はぁ、結局はそうなるのかぁ。

スローライフのためにも、シルクとイチャイチャするためにも頑張ろっと。

あれ？　めちゃくちゃ自分本位な考えだなぁ。

まあ、結果的にみんなが幸せになれば良いよね！

「あっ——私としたことが忘れてましたの」

「ん？」

「癒《いや》しの力よ——かの者の痛みを除きたまえ」

シルクの手が光り、俺に温かいモノが流れ込んでくる。

「どうですか？」

「うん、頭が痛いのがなくなったね。ありがとう、シルク」

「いえ。マルス様の体調管理も、私の役目ですわ」

「でも、平気？　それだって、魔力を使うでしょ？」

「ふふ、平気ですの。私も鍛えてますし」

「そっか、でも無理はしちゃダメだよ？」

「はい、わかってますわ。相変わらず、優しい方ですの」

シルクの癒しの力は、魔力を使うが魔法とは違う。

今の俺なら、何となく仕組みはわかる気がする。

多分、魔力を相手に送って……魔力の乱れ？　を正しているのかもしれない。

癒すというよりは、調整してるって感じかも。

どっちにしろ特殊な才能が必要で、使える人はほとんどいないけどね。

しばらく太ももを堪能《たんのう》していると、稽古からリンが戻ってくる。

「マルス様、具合が悪いとか……」

「平気だよ、少し寒気がしただけだから。シルクが癒してくれたし」

「そうですか。シルク様、ありがとうございます」

「いえ、私にはマルス様をお守りする力はありませんから。その代わり、癒すことはできますわ」

「そうですね、守るのは私の役目です」

うーん、男としてどうなのかと思ったりもするけど……別にいっか。

「じゃあ、俺の役目は二人に甘えることだね！」

「「違います」」

「えっ？」

「働くことですわ」

「ええ、その通りかと」

「とほほ、やっぱりそうなるのね」

すると、ライル兄さんが部屋に入ってくる。

「ハハッ！　相変わらず尻に敷かれてるな！」

「相手がいない人に言われたくないです」

「ぐはっ!?　人が気にしていることを……」

「ふふーん、兄さんも遊んでないで婚約者を作れば良いのに」

「俺は縛られるのが嫌なんだよ。幸い兄貴も結婚するし、俺は当分はいらない」

そんなこと言って……次期国王に祭り上げようとする貴族達を牽制《けんせい》するために、独身を貫いているくせに。

ロイス兄さんに敵対する奴らは、ライル兄さんを擁立しようとしてた。

多分、ライル兄さんの方が扱いやすいと踏んだのだろうね。

「それよりライル兄さん、お疲れ様でした」

「なに、気にするな。俺のためでもある」

「私からも礼を。お陰で、感覚が研ぎ澄まされてきました」

ライル兄さんには、リンやベアやレオと稽古をしてもらっている。

俺のオルクス飼育計画には、戦力増強が不可欠だからだ。

「ベアとレオは？」

「あいつらなら、まだ倒れている。結構厳しくやったが……さすがは獅子族《ししぞく》と熊族だ。これなら、そう時間はかかるまい」

「まあ、最近はたくさん食べて、身体《からだ》もできてきたので」

「なるほど、そいつは鍛《きた》え甲斐《がい》があるな」

「私も強くならないと。引き続き宜《よろ》しくお願いします」

「おう、任せとけ」

レオもベアも本来の強さが戻って、リンも強くなれば、戦力増強もそう遠くはないかもね。

二話

昨日は体調が良くなかったので、結局休みにしてもらった。

そのおかげか、翌朝起きたらスッキリしたので、溜《た》まっていた仕事をする。

「というわけで、スローライフを目指して頑張ろー……おかしくない？」

「おかしくありませんね」

「ええ、そうですわ。まだまだやることが、山ほどありますの」

「とほほ、道のりは遠いや」

その時、突然轟音《ごうおん》が響く！

「な、なに!?」

「きゃっ!?」

「こ、これは……？」

次いで、ものすごい爆発音が響き渡る！

「事故!?　それとも火事!?」

「わかりませんが、音は都市の入り口の方です！」

「行きますわ！」

「ま、待って！」

館を出て、走っていると……。

「ギャァぁぁぁ――――!!!」

「叫び声が……ライル兄さん？」

「な、なんですの!?」

「魔物かな!?」

「わかりません！　しかしライル様がやられるほどの魔物とは……」

この近辺に、ライル兄さんを倒せる魔物が？

だとしたら、俺が本気を出すしかない！

「リン！　行くよ！」

「ええ！」

「危なそうだね。シルクは……」

「私も行きますわ！」

「……わかった」

ライル兄さんが生きてさえいれば、癒しの力で治してもらえる！

そして、俺達が都市の入り口に近づくと……。

「ぐはっ……」

「つ、つえぇ……」

ベアとレオが地面に倒れている――――ところどころに火傷《やけど》を負って。

「二人とも！　何かあったの!?」

「あ、主人よ、ものすごい強い女が……逃げるのだ……グフ」

「ボ、ボス、奴の狙いはアンタだ……今、ライルさんが押さえて……早く逃げ……グフ」

「一体何が……」

「癒しの力を使いますわ！」

「いえ、見た目ほどダメージは多くないかと。この二人なら平気ですね」

「そっか。じゃあ、先を急ぐとしようか」

そのまま門をくぐると、切り傷だらけの兄さんがヨロヨロと歩いてくる。

「ライル兄さん！　平気ですか!?」

「に、逃げるんだ……すまん、不甲斐ない兄貴で……グフ」

「ライル兄さんが、こんなにボロボロになるなんて。そんなの、ライラ姉さんのお仕置きを食らった時くらいしか……あれ？」

俺の頭には、この時点で答えが出ていた。

そう、すでに頭の中には——使徒襲来のテーマ音楽が流れていた。

「ふふ、いたわぁ——マルス」

恐る恐る顔を上げると、そこには魔女がいた。

違った——ライラ姉さんが見たことない顔で微笑《ほほえ》んでいた。

相変わらず、ハリウッド女優のようなスタイルと美貌の持ち主。

その姿は黒のローブと帽子をまとい、ニヤァと笑っている。

つまり、結局は――魔女だった。

「ね、姉さん？」

「シルク様！　避難します――失礼！」

「へっ？　きゃあ!?」

シルクを抱えて、リンが飛び去った瞬間に――。

「ファイアーボール」

ゆっくりとだが……火の玉が、俺に向かって飛んでくる。

「アクアウォール！」

水の壁を出現させ、それらを溶かす。

「まあ！　寸止めするつもりだったけど、本当だったのね」

「姉さん！　いきなり何するのさ!?」

「ふふ、マルスゥ？　この姉さんに隠し事するなんて――お仕置きが必要ね？」

その瞬間、俺の脳裏に蘇《よみがえ》る。

姉さんは普段は優しい……ただ嘘《うそ》が嫌いで、怒ったら修羅と化す。

何より、ブラコンである前に――魔法バカである。

「ヒィ!?」

「待ちなさい！」

俺は逃げようとしたが……。

「ちょっと!? なんで門が閉まってるの!?」

引き返したら、すでに門が閉じられているんですけど!?

「マルス様ー！　頑張ってくださいませー！」

「マルス様！　気の済むまでお相手してあげてください！　都市に被害が出ないように！」

「マルス！　ファイトだ！　ライラ姉さんを止められるのはお前しかいねえ！　安心しろ——骨は拾ってやるぜ！」

「この……薄情者〜！　開けてよぉ〜！」

その時——。

「マルス？　どうして逃げるの？」

「ヒィ!? ね、姉さん！　違うんだ！」

「何が違うの？　ねえ？　教えて？」

「えっと、俺は魔法を使えるけど、それは嘘をついていたわけではなくてですね……」

「そんなことはどうでもいいわ——遊びましょ？」

その目は虚《うつ》ろで、話を聞いてくれそうにない……まるで、ヤんでる人の顔だ。

に……逃げちゃダメだ逃げちゃダメだ逃げちゃダメだ——ていうか逃げらんないよぉ〜！

「く、糞《くそ》オォォォ——!!　わかったよ！　やりたくないけど相手するよ！」

「まあ！　そうこなくちゃ！　ウインドスラッシュ」

「アースランス！」

風の刃を土の槍《やり》で相殺！

「ファイアーアロー」

「ウォーターアロー！」

次々と魔法を、魔法で相殺していく！

姉さんは数少ない【ダブル】で、風と火を高いレベルで使えると言っていた。

「それにしても……詠唱が速くない？　威力も俺と変わらないの!?」

「ふふ、まだまだいくわよ！」

俺のチートって何!?　あの天使が嘘をついた!?

いや、違う——練度がまるで違うんだ。

相手は約二十年、俺は約二十日……そりゃ、違うわ。

「ふふ、楽しいわぁ——まだ平気よね？」

「いいですよ、好きなだけお相手します」

その後、次々と魔法を撃ち合い……。

「いいわ、すごくいい……マルス、最高の気分だわ」

「俺は全然ですけど」

「ふふ、そんなこと言わないで——これで終わりにするから」

姉さんの空気が変わった——大技がくる。

「わかりました。では、お好きにどうぞ」

「嬉《うれ》しいわぁ――フレア」

「嬉しくないです――アイスヘル」

大玉転がしほどの火球と、氷塊がぶつかり――爆発する！

その反動で俺は後方に吹き飛ばされる！

「……イテテ、風圧で飛ばされた」

そうだった、冷たいモノと熱いモノがぶつかったら爆発するんだった。

そして目を開けると、ライラ姉さんが目の前にいた。

「マルス」

「ヒィ!?」

「すごいわ！　マルス！」

「へっ？　……いつもの姉さんだ」

「もう！　なんで言ってくれないの!?」

「わ、わかったから！　苦しいから！」

おっぱいに殺される！　く、苦しい……！

悪寒の正体は……風邪じゃなくて、これだったんだね。

そこで、俺の意識は途切れるのだった。

三話

……あれ？　……これは昔の夢かぁ。

王城の中で、小さな俺がいる。

神童と呼ばれ……でも、すぐに呼ばれなくなり……まだ、前世の記憶もなかった。

そういえば、いつも理由もなくダラダラしてたっけ。

今なら、その意味はわかるけどね。

「マルス〜！」

「はい！　ライラ姉さん！」

「あら、こんなところにいたのね」

小さい頃、俺はよく城のあちこちでお昼寝をしていた。

そんな時、いつもライラ姉さんが心配して探しに来てくれた。

「うん！」

「ダメよ、勝手に動いちゃ。貴方《あなた》は王子なんだから」

「別に平気だよ。誰も、僕には期待してないからね」

「もうっ、仕方のない子ね」

俺は当時から、達観していた。

神童と呼ばれて調子に乗ることもなく……かといって、腐るわけでもなく。

ただ、ダラダラしなきゃという強迫観念に囚《とら》われていた。

それが前世の想《おも》いだったのだと、今ならわかる。

「姉さんは、どうして怒らないの？」

「うーん、そうねぇ。きっと、マルスが可愛いからよ」

「じゃあ、僕が可愛くなかったら嫌い？」

「ううん、そんなことないわ。そうね、マルスが人を傷つけないからかしら」

「だって、痛いのは……辛《つら》いのは、可哀想《かわいそう》だもん」

「ふふ、そうね。貴方は、優しい子に育ってくれたわ。私……いや、私達はそれで十分なのよ。あとは、貴方が元気でいてくれればいいのよ」

「そうなの？　ロイス兄さんは、いつも怒ってばかりだよ？」

「ふふ、それもいずれわかるわ大丈夫よ、お兄様も——マルスを愛しているから」

いつも姉さんは、そう言って微笑んでくれた。

あまり母さんの顔も覚えていない俺にとっては、唯一甘えられる存在だった。

そして今思えば、前世のせいかもしれない。

ずっと、誰かに甘えたかったのかもしれない。

俺は親に捨てられ、孤児として生きてきたから。

記憶を思い出した今、何となく思うことがある。

俺が兄さん達や、姉さんの前でダメな自分を見せること……。

ダラダラしたいという気持ちに、嘘はないと思う。

けど、もしかしたら……《愛情を試していた自分がいたのでは？》。

自分がどんなでも、家族達が愛してくれるのかと……今となってはわからないけどね。

「うぅ……」

「あっ、気がついたかしら？」

「姉さん？」

どうやら、姉さんに膝枕をされていたようだ。

ここは俺の執務室か……よく見れば、みんなもいるね。

「ご、ごめんなさいね。つい、興奮しちゃって……」

「ううん、良いよ。姉さんが、魔法バカなのは知ってたし」

「まあ、失礼ね。私は、マルスバカよ」

「うん、それも知ってる……姉さん」

「なぁに？」

今思えば、姉さんは俺に母性を与えてくれた。

経験がないからわからないけど、多分……この感情がそうなんだと思う。

「ありがとね」

「へっ？」

「小さい頃から、俺を可愛がってくれて。俺、姉さんがいたから寂しくなかったよ？」

「マルス……そんなことないわ、貴方がいて寂しくなかったのは私の方よ」

「泣かないでよ」

「ふふ、いいじゃない。だって、こんなに嬉しいもの」

すると、まだ傷跡が残っているライル兄さんが近づいてくる。

「おい？　ここにお前のために身体を張った兄がいるんだが？」

「でも、最後は見捨てたよ？」

「ぐぬぬ……」

「冗談だよ。ライル兄さんも、ありがとう。俺の遊び相手になってくれて」

「……ふん、当たり前だろうが」

「わわっ!?」

膝をついて、頭をゴシゴシされた。

するとすかさず、ライラ姉さんの拳骨《げんこつ》が飛ぶ——兄さんの頭に。

「いてぇよ！」

「うるさいわよ！　マルスの可愛い頭に傷がついたらどうするのよ!?」

「いや、さっきマルスを吹っ飛ばしたのは……」

「なに？　文句あるの？」

「い、いえ……ナンデモナイデス」

「マルス、ごめんなさいね、痛かったわよね」

「お、俺は平気だよ」

「おかしいなぁ、俺も弟なんだが？」

「アンタは可愛くない」

「ひでぇ」

この感じ、懐かしいなぁ。

二人が働くようになって、兄さんが国王になってからは、こういうのも減っていった。

その代わりに、リンとシルクが励ましてくれたけど……やっぱり、少し寂しかったんだよね。

「あはは！」

「マルス？　ほら！　アンタがぶつから！」

「はぁ!?　ちげえし！　姉貴が魔法で吹っ飛ばしたからだろ!?」

「ごめんね、二人とも。大丈夫、少し昔を思い出したんだ」

昔はよく、こんな言い争いをしてた。

そして姉さんではなく、姉貴って呼んでたよね。

だけど成人を機に、きちんとしないとってことでやめたんだっけ。

「そういえば久々ね、アンタを殴るのも。それに、そう呼ばれるのもね」

「まあよ、別にここなら良いだろ。うるせえこと言う奴もいないし。というか、俺は殴られたくなかったがな。そもそも、何で俺は魔法を食らったんだ？」

「だって、アンタが私の顔を見るなり逃げ出すからよ。そのせいで、無実の獣人を傷つけちゃったわ」

俺が視線を向けると、シルクが二人を治療していた。

その横では、リンが俺を優しい目で見つめている。

「二人とも、姉さんがごめんね」

「いや、気にするでない。俺が早とちりをしてしまった」

「ボス、オレもだぜ。ライルさんが一生懸命逃げながら『狙いはマルスか⁉』なんて言ったからよぉ」

「そうなのよ、それでマルスを守ろうとしたらしいのよ。つまり、全てこいつが悪いのよ」

「ふふ、そうですの」

「ええ、間違いないですね」

「へいへい、俺が悪かったよ」

うん、楽しいなぁ。

新しい仲間と、リンとシルク、それに兄さんと姉さんがいて。

記憶を思い出してから、なおさら思う……素敵な家族がいて良かったなって。

四話

俺と話をしてからすぐに、姉さんは寝室に行ってしまった。

どうやら、俺が気を失っている間に、みんなが色々聞いたそうだ。

色々な意味で、俺に会うことができることを喜んでいたと。

そして我慢できずに、護衛や使用人を置いて……。

ほとんど眠らずに、この地へやってきたということらしい。

いや、どんだけ会いたかっ……いや、魔法が撃ちたかったんだか。

「ふぅ……疲れたなぁ」

「お疲れ様でした」

「相変わらずでしたの」

「二人ともひどいよ、いつの間にか消えてるんだもん」

「いえいえ、姉弟の再会を邪魔するわけにはいきませんから」

「そうですわ。それにアレを止められるのはマルス様だけです。適材適所ってやつですの」

「物は言いようだね……まあ、良いけどさ」

そんな中、ラビが部屋にやってくる。

「ご、ご主人様！」

「ど、どうしたの？」

ラビの俺への呼び名は、ご主人様になったそうだ。

シルクが奴隷としてではなく、仕える主人としてそう呼びなさいってことらしい。

「の、農業をしている人が来てくださいって！」

「うん？　何か問題でもあったかな？」

「な、なんか……おかしいらしいです！」

「はい？」

「と、とにかく、マルス様を呼んでくれって……」

「わかった、とりあえず行ってみるかな」

「わたし、先に行ってますから！　あいたっ！　うぅ……足ぶつけた」

うわぁ、足の指をぶつけた……アレって痛いよなぁ。

すると、シルクがラビに近づいていく。

「ラビ、待ちますの——癒しの力よ」

「あ、ありがとうございます！」

「気をつけなさい。　慌てないのも淑女の嗜《たしな》みですわ」

「はいっ！　行ってきます！」

うんうん、相変わらずドジっ子だけど、おどおどすることはなくなってきたね。

すると、今度は俺の方に来て、額に触れる。

「……顔色は良いですわ。マルス様、私もお伴《とも》しますの。一応、病み上がりですから」

「では、私も行きましょう。先ほど、戦ったばかりですし」

「別に平気だけど……」

「「ダメです」」

「はーい」

うーん、過保護だ。

でも悪い気はしないよね、俺のことを心配してくれてるんだし。

ひとまず、着替えて外に出てみる。

「うぅ……寒いですの」

「寒いよね」

「ええ、本当に。まあ、私は二人ほどではありませんけど」

どうすればいいかなぁ〜。

外でも寒くないようにするには……あっ！

「そうだよ！　俺は馬鹿だよ！」

「マルス様？」

「何を当たり前のことを？」

「リン、真面目な顔で言わないでよ!?」

俺の前世の記憶が蘇ってから、まだ一ヶ月も経《た》っていない。

前世の記憶も朧気《おぼろげ》だし、まだまだ慣れていない。

故に、色々なところが抜けている。

俺は熱風を覚えた……この世界にはない魔法……ホッカイ○みたいにできないかな？

「ごめん、いらない魔石ある？」

「ええ、オークのでしたら……」

とりあえず、リンからオークの魔石をもらう。

「オークならギリギリ耐えられるかな？」

俺の魔力制御力は日に日に向上している。

今なら、小石程度の魔石を壊さずに……どうだ？

俺は魔力を送り、危ないのでひとまず地面に置く。

「何も起きませんわよ？」

「見た目も変わらないですし……」

俺は恐る恐る、それに触れる。

「……できた！　ホッカイ○だ！」

ほんのりと温かさを感じるが、熱いというほどでもない。

熱風を教えてる人達に、追加で教えてみようかな。

ただドライヤーも含めて、イメージが難しいかもしれない。

「何ですか？」

「シルク、これを服の中に入れてみて」

「えっ？　は、はい……ふわぁ……！　マルス様！」

「ふふ、どうだね？」

「と──っても！　あったかいですわ！　ほかほかしますの！」

「マルス様、私も欲しいですね」

「ふふ、仕方ないなぁ」

俺とリンの分も用意する。

「うん……加減は合ってるかな」

「あったかいですね」

「すごいですわ！　革命ですわ！　これは熱いのに、どうして火が出ていませんの!?」

「うーん……暖炉の前は暖かいよね？」

「ええ、そうですわ」

「その暖かい熱を……火から出た熱をとじ込めたって感じかな？　名付けるなら、ヒートって感じで」

「なるほど、そういうことですか。どうして、思いつかなかったのでしょう」

まあ、固定観念ってやつだよね。

前の世界でも、誰にでもわかるようなことも、最初に思いついた人がいなければ発明されなかったし。

「これも書庫で？」

「まあ、近いかな。色々と参考にしてる部分はあるよ。というわけで、俺がすごいわけじゃないからね」

「ふふ、マルス様ったら」

「謙虚なのは良いことです」

「ところでマルス様」

「うん？」

「これ、マルス様以外には難しいですの？」

「多分、今のところはね」

「これ、売れますわ——確実に」

「売る？」

「王都にいる貴族達や、他国なんかにも。まだ十二月末あたりまでは寒いですし。もちろん、まずは住民に配るのが先かと思いますが……」

そっか、そういう発想はなかった。

やっぱり、俺ってダメダメだなぁ。

「シルク、ありがとね」

「ふえっ？　な、何がですの？」

「俺だと発明というか……色々思いつくけど、それを有効活用できないからさ。シルクが色々考えてくれて助かるよ」

「べ、別に……」

シルクはサイドテールにしてる髪をいじいじしている。

はい、今日もとっても可愛いですね――ツンデレバンザイ！

その後、都市の東南にある農業地帯に向かう。

「そういえば、この都市の仕組みはどうなってますの？」

「リン、どうなってるの？」

「いや、マルス様……はぁ、説明しますよ」

俺は部屋でダラダラしたいので、基本的にはウロウロしない。

必要がある場所しか行っていないので、まだ全貌を把握していないのだ。

はい、そんな俺が……領主のマルス君です。

ひとまず、リンの説明によると……。

南から入って、入り口には広いメインストリートがあり、冒険者ギルドや飲食店がある。

北に真っ直《まっす》ぐ行けば、領主の館に到着する通りだ。

南西には鍛冶屋《かじや》や服屋があり、北西には商店街がある。

北東は家が多く、南東に農地がある。

そして一番北に、獣人達が暮らすエリアがあるって感じだ。

もちろん、どれもこれも栄えてはいない……今のところはだけど。

「とまあ、大雑把にいえばそんな感じですね」

「ふんふん、言われてみればわかる」

「まだまだ、土地は余ってますわよね？」

「ええ、人口のわりには広いですから。何より、どこも人口減少傾向にありますから」

「そっか。まあ、そればっかりはすぐには無理だね」

そして、農地がある場所にやってくると、ラビが手を振っていた。

「マルス様！」

「ラビ、そんなに慌てなくても……あれ？」

俺が以前耕した田んぼには、すでに成長した苗がある。

ちなみに室内でやっていて、温度管理などを徹底させるように指示した。

「いくらなんでも、早すぎるね」

「しかも、しっかりしているといいますか……」

「わかりますわ。何か、違う気がしますの」

ピンと伸びた感じで、元気がありそうだ。

「ラビ、ここだけ？」

この場所だけは、俺がお手本として魔法使い達にやり方を教えた。

「は、はいっ！　マルス様がやったところだけ、成長が良いって……」

……何が違う？

同じ魔法を使っているはずなのに、俺と他の人達の違いってなんだろう？
うーん……ひとまず、あとでライラ姉さんに聞いてみるか。

五話

俺が館に戻ってくると、庭から騒ぎ声が聞こえてくる。

「マルス！　マルスはどこ!?」

「お、落ち着けって！」

「主人はすぐに帰ってくる！」

「そうだ！　だから待ってくれ！」

姉さんが暴れていて、それを兄さん達が必死に止めてるね。

うーん、用事があったけど……とりあえず、嫌な予感しかしないので。

「さて、引き返そう」

「ライラ様に用事があるのでは？」

「そうですわ。さあ、諦めてまいりますの」

すると、二人に両腕を組まれる。

フニュン（シルク）としたものと、ムニン（リン）としたものに腕が包まれる。

気持ちいい……はっ！　いけない！　これは罠《わな》だっ！

俺は意識を総動員して振り払おうとするが……く、くそォォ!!　俺の本能が幸せすぎて身体が動いてくれないよぉ〜！

俺は虚《むな》しくも、二人に引きずられていくのでしたとさ。

そして俺を発見した姉さんが、ものすごい形相で突撃してくる。

あの？　お二人さん？　離れすぎじゃありません？

二人は一瞬にして、俺から距離を取る……巻き添えを食わないように。

「マルス！」

「は、はいっ！」

「私も風呂に入るわ！」

「あっ、そんなことですか。ええ、ご自由に使ってください」

「大事なのはそのあとよ！」

「はい？」

「なに？　その、魔法で髪を乾かすの？　私、入ろうとしたんだけど……まだ使用人達も来てないから、どうしようと思って」

俺が三人に視線を向けると、全員の顔が『すまない』と言っている。

なるほど……風呂に入ろうした姉さんに、俺の魔法のことを話してしまったと。

姉さんの髪の毛は、シルクやリンを超える超ロングである。

つまり、それだけ大変ということである。

まあ、良いけどね、姉さんにはお世話になってきたし。

「ええ、良いですよ。俺が乾かしますから」

「マルス～！　なんて良い子なの!?」

「わ、わかりましたからっ！」

またおっぱいに殺されるぅぅ!?

「姉貴！　また気を失っちまうぜ!?」

「あら、ごめんなさい。ところでマルス、一緒にお風呂に入る？」

「えぇぇ!?　い、いや、俺も成人しましたし……」

「やめてやれよ、姉貴。誰も姉貴の裸なんか――グホッ!?」

「にいさーん!?」

腹パンにより、兄さんが沈んだ。

あの細い体のどこに、あんな力が……ガクブル。

「まったく、失礼しちゃうわ」

「ライラ様、僭越《せんえつ》ながらお背中をお流ししますの」

シルクが、すっと前に出て姉さんに言う。

さらには、リンも前に出てくる。

「では、私が見張り兼護衛をいたします」

「あら、二人とも。そうね、シルクの柔肌をマルスに見せるわけにはいかないわね。じゃあ、お願いしようかしら」

二人は俺にウインクをして、姉さんを連れていく。

どうやら、助けられたみたいだね……でも、数日間はいるよね？

これは、上手《うま》く断る理由を考えておかないと。

ちなみに悶絶《もんぜつ》したライル兄さんは、レオとベアが部屋に運びましたとさ……ちゃんちゃん。

その後、俺がお風呂脇の椅子でうたた寝をしていると……。

「マルス〜！」

「はい！　ただいま！」

ガバッと起きて、風呂場に直行する！

階段を駆け下りて、通路を通って……最速で到着する。

「マルス、ただいま参上！」

「あら、早かったわね」

「そりゃ、姉さんの頼みですから」

ふふふ、俺はライル兄さんみたいなドジは踏まないのさ！

「では、マルス様」

「私達が髪を持ちますので」

「あらあら……二人とも、ありがとう」

「じゃあ、いくよ——熱風」

座ってる姉さんの髪にドライヤーもどきをかける。

間違っても、焦がさないように……手が震えるよぉ〜。

「ふぁ……なにこれ……気持ちいいわ」

「熱くないですか？」

「ええ、ちょうどいいわ。それに可愛いマルスに、こんなことしてもらえるなんて……涙が出そうよ」

「大げさですよ、姉さん。俺がしてもらったことに比べればね」

「相変わらず良い子ね。じゃあ、とりあえず黙っていたことは許してあげる。貴方にも理由があると思うけど、今は聞かないであげるから」

ほっ、良かった。

どうやら、誤魔化す必要もなさそうだ――熱風万歳！

「ただ、気になったのは……」

「はい？」

「リンが綺麗《きれい》になってるわ」

「へっ？　あ、ありがとうございます？」

「いよいよ恋を自覚したのかしら？」

「ひゃい!?　な、な、何を言うのですか!?」

「えっ!?　リンに好きな人いるの!?」

誰だ!?　ベア!?　レオ!?　俺が認めた相手じゃないと許さないぞ！

「マルス様……何ということを」

「へっ？」

「わ、私にはいませんから！」

「あらあら、まだなのね」

「うん？」

どういうことだろう？

俺だけ、疎外感を感じます。

「まあ、良いわ。シルクは元々お手入れをされてきた子だから、そこまで気にならなかったけど。

リンの身体や髪を見たけど、随分と艶が良いというか……」

「あっ——わかりますわ！　私も、なんだか綺麗になったと思ってましたの」

「たしかに、身体の調子は良いとは思ってましたが」

身体の調子が良い？　綺麗になる？　……何か、引っかかるなぁ。

「……あっ！」

「ど、どうしたの？　どっか焼けた？」

「い、いえ、問題ないです」

「どうしましたの？」

「あのさ、リン。この風呂と住民が多く使う風呂だけは、俺の魔法で水をはってるよね？」

大量の水を使うので、そこだけは今のところは俺がやっている。

温めることも、最初の一回は俺がやるようにしてる。

「え、ええ、そのはずです」

「もしかしたら、俺の魔法の効果かな？」

「マルス、詳しく話してみなさい」

俺は姉さんに出来事を説明する。

「なるほどねぇ。農業に魔法を使っていることは置いておいて、マルスの魔法には特別な効果があるかもしれないってわけね」

「どうなんですかね？　自分では普通にやってるつもりですけど」

もしくは、これが本当のチートってやつなのかな？

「ふふ、面白いわ」

「へっ？」

「今日は日も暮れるからやらないけど、早速明日から調べましょう」

「えぇ〜めんどくさいなぁ」

「マルスゥ？」

「ヒィ!?　わ、わかりました！　精一杯やらせていただきます！」

「ふふ、それで良いのよ。楽しみが増えたわぁ……ウフフ」

そういや、魔法バカだったね。

というか、魔法の研究が本職みたいだったし。

姉さんは、一部の人間からこう呼ばれている——狂気のライラ。

さらには、他国からも異名がある。
その炎は全てを燃やし尽くすので、こう恐れられている——灰塵《かいじん》のライラと。
ライル兄さんは、そのまま脳筋のライルと言われてます。
あっ——ちなみにロイス兄さんは……苦労人のロイスらしいです。
うん！　全部俺達のせいだね！　……ごめんね、ロイス兄さん。

六話

ライラ姉さんの髪を乾かした俺は、急いで厨房《ちゅうぼう》へと向かう。

姉さんはシルクとリンに任せたし、俺は宴《うたげ》の準備をしないとね。

「姉さんに美味《おい》しいものを食べてほしいし……何を作ろう？」

そんなことを考えつつ、厨房に向かう。

「またローストビーフを作りたいけど、もう暗いから間に合わないか」

その時、シロが俺の前に現れた。

「マルス様！　僕、用意してます！」

「なに!?　シロ！　えらい！」

「えへへ〜、褒められちゃった」

頭を撫《な》でると、尻尾が揺れる。

「こうしてると昔のリンを思い出すなぁ」

「ほえっ？　リンさんですか？」

「そうだよ、リンも昔は可愛くてね。それは、もう……俺の後ろを離れなくて大変だったんだから」

「あ、あのぅ……」

「うんうん、信じられないのは無理もないよね。でもね……あれ？」

シロの様子がおかしいので、後ろを振り返ると……。

「今は可愛くなくて悪かったですね」

「リ、リン!?」

「ぼ、僕は料理しないと！　先に厨房に入ってますねっ！」

「シロ!?　俺を見捨てるのかい!?」

「リンさんには逆らえませんので～！」

そう言い、ピューっと走り去る。

……マズイ、ドウシヨウ？

「あの、リンさんや？」

「なにか？」

「い、いえ……」

「別に良いですよ。どうせ、シルク様みたいに可愛くありませんから」

「き、綺麗になったって意味だから！」

「無理しなくても良いですよ」

「嘘じゃない――リンは綺麗だよ」

うん、これだけは嘘じゃない。

「マルス様……ふふ、そうですか」

「ほ、ほら！　リンも行こう！」

「はいはい、わかりましたよ」

ほっ……どうやら、機嫌は直ったみたいです。

いやはや、口は災いの元って本当だったんだね。

厨房に入ったら、早速調理開始である。

「何を作るんです？」

「時間もないから、ローストビーフにかけるソースだけ作ろうかと思って」

「ソースですか？　あれならありますよ」

「いや、あれとは別物さ」

そうなんだよなぁ～この世界には醤油《しょうゆ》とか味噌《みそ》はあるし、調味料の類もある。

でも、単純なソースしかないみたい。

「マルス様！　僕、見てますねっ！」

「うん、覚えてくれたまえ。これがあれば、肉料理が劇的に美味《うま》くなるからね」

「僕は、何を手伝えば良いですか？」

「じゃあ、肉を焼いた時に取っておいた脂を出してくれる？」

「えっ？　ホルスのやつですか？　たしかに、取っておけって言われましたけど……」

「まあまあ、とりあえず持ってきてよ」

「は、はい！」

シロが持ってきた、肉の旨味《うまみ》が凝縮された物を受け取る。

「まずはフライパンを温めたら、そこに肉の旨味が凝縮された脂とバターを入れて……」

馬に近いモノだから、そこまで美味しくない。

やっぱり、牛に近いオルクスのバターの方がいいけど……今は仕方ないよね。

「そこに粉を入れて、粉気がなくなったら、赤ワインを入れて……」

「わわっ!? ワインを入れちゃうんですね」

「たしかに、肉に合うと聞きますね。煮込みとかもありますし」

「うん、それと似たようなものかな。ここにはなかったけど、姉さんがお土産で持ってきてくれたから助かったよ。いずれ大量生産して、ここでも飲めるようにしたいね」

今のところ、ワインは高級な飲み物だ。

もっと流通させていけば、どんどん値段は下がっていくけど、それは先の話だね。

いや〜それにしても、まさか貧乏だったのが役立つ日がくるとは。

俺は金がなかったから、安い肉しか買えなかった。

だからせめて、ソースくらいは美味しくしたかった。

故に特売日を狙って、激安の赤ワインを買ったり、バターの代わりにマーガリンを使ったり……

今考えると、色々と試行錯誤をしていたなぁ。

「マルス様？ どうして泣きそうになってるんです？」

「いや、気にしないで。さて、塩胡椒《しおこしょう》と水を入れると。そしてとろみがついたら、隠し味にハチミツを少しだけ入れて……完成だ」

「これ、なんていうソースですか？」

「グレービーソースっていうんだよ。肉の旨味を凝縮させたソースって感じかな」

これなら鶏肉《とりにく》にも豚肉にも使える……ふふふ、夢が広がるね！

その後、姉さんのお付きの人も到着したので、バイキング形式で歓迎会の開始である。

「マルス！　これは何!?　美味しいわよ!?」

「お、落ち着いて！　まだありますから！」

鬼気迫る表情で、ライラ姉さんが迫ってくる。

どうやら、ローストビーフがお気に召したようだ。

「これは何？」

「ソースですね、肉によく合いますよ」

シルクとリンと姉さんに、ソースを差し出す。

見たことないので、少し様子見をしてたらしい。

「どれどれ……濃厚な肉の旨味？　それと、ほんのりと上品な甘さ……王宮でも食べたことないわね」

「私も経験がございませんの……肉の味が、何倍にも引き出されていますわ」

「もぐもぐ……美味しいですね」

あまりに美味しいのか、皆がしみじみとしている。

やっぱり、隠し味にハチミツは大正解だったね。

「うめぇ！　口の中が肉の味で溢《あふ》れやがる！」

「ライルさん！　オレの分がなくなっちまうよ！」

「レオよ、野生では食事は戦いだ。覚えておくと良い」

「ベア!?　オレの皿から取るなよ!?」

どうやら、兄さん達もお気に召したようだ。

「その……マルス殿」

「我々まで、この場でいただいてよろしいのですか……？」

ヨルさんとマックスさんが、恐る恐る聞いてくる。

さっきから静かだとは思っていたけど。

「どうしたの？」

「い、いえ、場違い感がありまして……」

「マルス様やライル様は、何というか気さくな方なので慣れましたが……」

「ライラ様は、まさしく王族といった感じで……」

「シルク様がいることで、あそこだけ世界が違いますよ」

「輝いているというか……」

俺は視線を向けてみるが……どう見ても、ほんわか仲良くしているようにしか見えない。

まあ、平民である彼らからすれば天上人だもんね。

男の俺達ならまだしも、姉さんは女性だし、客観的に見て美人さんだし。

逆にレオやベアはすごさがわからないから、意外と平気で接しているけど。

「二人とも、ついてきて」

とりあえず、二人を連れて姉さんの元に行く。

「姉さん」

「あら、どうしたの？」

「この二人が挨拶したいってさ。俺、この二人にはすごくお世話になってるんだ。ヨルさんはね、ずっと前からいる人なんだ。平民だけど、ここの兵士達のまとめ役をしてるんだよ。もう一人はマックスさんで、その副官って感じかな」

「は、初めまして！　ご挨拶もせずに申し訳ありませんでした！」

「よ、よろしくお願いします！」

「ふふ、緊張しなくて良いわ。マルスが世話になったみたいで……ただの姉としてお礼を言わせてくださいね、ありがとう」

「「は、はいっ‼」」

まあ、慣れるまで時間がかかるのは仕方ないかな。

うーん、なんだか賑《にぎ》やかになってきたね。

開拓もそうだし、姉さんの研究も手伝わないといけないし。

こりゃ明日から、忙しくなりそうだ……スローライフは何処《どこ》へ？

七話

翌朝、俺が二度寝をして惰眠を貪っていると……。

「うぎぁぁぁぁ――――!!」

「うわぁぁ!!」

なに!? 何事!?

その叫び声で、思わず飛び起きる！

「マルス様、おはようございます」

「あっ、リン……おはよう。ところで、今のは？」

「どうやら、ライラ様が起きないようで……家臣達がライル様にお願いしたそうです」

「ははーん、なるほどね」

俺とは違う意味で、姉さんの寝起きの悪さは半端ない。

「おそらく、魔法をくらったのかと」

「そっか、まあ平気だよ。ライル兄さんだし」

「そうですね」

大体これで済んでしまうのが、我が兄であるライル兄さんです。

朝食を食べ終え、部屋でのんびりしていると、シルクが部屋へ入ってくる。

「マルス様、お出かけをしますの」

「シルク？」

「調査を行いたいと思いますわ」

「うん？」

「ライラ様が仰《おっしゃ》ってましたわ。『私は調べ物をするから、マルスは現地で確認をしてきて』だそうですの」

「とほほ。やっぱり、そうなったよね」

「では、私は護衛として行きます」

「では行きますわ！」

「うぅ～やだよぉ～お家《うち》にいたいよぉ～」

「昨日のやる気はどこへ？」

「うん、寝たら忘れた」

「もう！　マルス様！」

「は、はいっ！　行きます！」

渋々ながら、俺は調査へと向かうのだった。

部屋の外は寒いけど……ほんと、ヒートの魔石を作っておいて良かったなぁ。

まずは、庭にいる二人に声をかける。

「ベア、レオ、時間ある？」

「ああ、主人よ」

「へい、ボス」

「実は、二人に頼みがあって。俺の作った風呂に入ったら、状態が良くなった獣人とかいるのかを調べてほしい」

「ふむ」

「は、はぁ」

「説明不足だったね。えっと、肌が綺麗になったとか、元気になったとか」

「うむ、理由はよくわからないが……わかった、それを聞けば良いんだな？」

「そういうことです」

「へい、了解です」

二人を送り出したら、俺達は人族が集まっている広場に行く。

そしてみんなに聞こえるように……。

「はーい！　みなさーん！」

「あっ！　マルス様！」

「ありがとうございます！　あったかいです！」

「我々にまで……感謝いたします！」

「いえいえ！　これも皆さんが税金を納めてくれるからです！」

どうやら、気に入ってもらえたみたいだね。

昨日寝る前にヒートを込めた魔石をヨルさんやマックスさんに配ってもらった。

お陰で、今朝は二度寝をしても許されたってわけですね。

「皆さんに質問があります！　俺のお風呂に入って体調が変わった人はいますか!?」

すると、人々が顔を見合わせて話し出す。

「おい、どうだ？」

「いや、待てよ。便通が良くなったような……」

「そういや、母ちゃんが肌の調子が良いとか……」

「元気が出た奴もいるぜ？」

「でも、それってお腹《なか》いっぱいになったからじゃ？」

なるほど、似たようなことはあったと。

ただ、これだけだとわからないなぁ。

「そういうことですか」

「リン？」

「どういうことですの？」

「彼らは生活が改善しました。食事、休憩、希望によって。それのおかげだと思って、特に気にしなかったのでは？」

「あっ――なるほど！」

「一応、説明がつきますわね」

その後も聞き取りをして、ひとまず館へと戻る。

「レオ、ベア、どうだった？」

「なんか、体調が良いとか」

「ただ、それがお風呂のおかげなのかはわからないと」

「まあ、そうだよね」

「ですが、可能性はあるかと思いますわ」

「ええ、そうですね。こんなに数が多いですから」

「そうだね……よし、とりあえず姉さんに報告するか」

リンとシルクを連れて、姉さんの部屋に行く。

「あら、来たわね。それで、どうだったの？」

「実は……」

姉さんに、一連の聞き込みを説明する。

「なるほど。面白いわね。じゃあ、質問するわ。マルスは畑を耕したり、水をあげる時に何か特別なことはした？」

特別なこと？　うーん、特にしてない気もするけど。

「強いて言うなら……元気になーれとか、大きくなーれとか思ってましたね」

「そう……いや……魔法とは元来そういうものよね」

ライラ姉さんはブツブツ言い出した。

こうなると何も聞こえないので、しばらく待ってみる。

すると、数分ほどで姉さんが帰ってくる。

「まずは、魔法とは出す前のイメージが大切だと言われてるわ」

「ええ、そうですね」

「マルスは、作物が育つ過程を知っているの？」

「まあ、これでも書庫の虫でしたし」

「もしかしたら、その知識が作用したのかもしれないわ。あとは、純度の高い魔力ということかしら。ただの下級魔法の威力も高いし」

農地の成長が早かったのは、俺の前世の知識によるものかもしれないのか。

あと、お風呂とかも……前世の温泉をイメージして魔法を使っているね。

「では、マルス様以外には使えないと？」

「どうかしらね？　私も試してみるわ。マルスほどじゃないけど、それなりに魔力純度も高いし知識もあるから」

「いや、そんな長居はできないんじゃ？」

「平気よ、まとまった休みを取ったから。少なくとも、冬の間くらいは」

あちゃー、兄さんが頭を抱えそうだね。

その後、姉さんの部屋を出ると、シルクが話しかけてくる。

「そういえばマルス様、近隣の村々に訪問はしましたの？」

「へっ？　……してないよ？」

「はぁ、仕方ありませんわ。マルス様は、この一帯の領主なのですよ？」

「えっ？　この都市だけじゃないの？」

「ええ、小さい村々のまとめ役でもあり、税金を納めてもらわないといけません。というより、ヨルさん達は見回りをしていると言っていましたわ」

「そ、そうだったんだ」

「マルス様も、一度は見回りに行った方がいいかと思いますわ。為政者の顔も、何もわからないと、民も不安になりますから」

俺ってば、全然ダメだなぁ……そうだよなぁ、顔もわからん奴とか怖いよね。

「なるほど……そっか、顔見せってことだね」

「ええ、そういうことですわ。土産物なんかあると、関係性が良くなるかと」

「土産物ね。例えば、ヒートの魔石は？」

「少し贅沢《ぜいたく》ですが、間違いなく喜ばれますわ」

「昨日、嫌ってほど作ったから数はあるし……今から行こうかな」

「あら、珍しいですね」

「まだ少し寒いから早い方が良いからさ」

「まあ、相変わらず優しいですの」

「別に普通だよ。さて、そうと決まれば行こうか」

リンとシルク、それにレオとラビを連れていく。
人族と獣人族が仲良いところを見せるチャンスでもあるし。
そうと決まれば、善は急げだね。

八話

姉さんの部屋から出た後、みんなに連絡をして集まってもらった。

そしてメンバーを決めて、門の前に集まる。

「マルス様、このメンバーを選んだ理由は何ですの？」

「リンとレオは護衛で、ラビは勉強のため。あとは、俺とシルクが獣人族と仲良くしてるのを見せることかな」

「了解いたしましたわ。じゃあ、ラビ」

「は、はいっ！」

「私が教えますから、しっかり覚えますのよ？」

「はいっ！」

「オレは、二人を守ればいいんすね？」

「では、私はマルス様の護衛をしますね」

「うん、お願い。まあ、問題は起こらないと思……ナンデモナイ」

「「「？？？？」」」

四人が不思議そうな顔で、俺を見つめている。

だって、どう考えてもフラグになるとしか思えないし。

もしかして、この考えこそがフラグ？

いや、そんなことはないはず！

不安を打ち払って、俺達は都市を出発するのだった。

やっぱり――フラグだったァァ！

ラビが、何か叫び声が聞こえるって言うから行ってみれば……。

「ゲギャ！」

「フゴッ！」

「ゴァ！」

村々を回って顔見せをしていたが、そのうちの一つが襲われているようだ。

ゴブリンにオークの群れ、それにホブゴブリン。

それらが二メートルある柵を越えて村に入り込もうとしている。

もう～！　仕方ない！　やるしかないよね！

「レオ！　二人を頼んだよ！」

「へいっ！　シルクさんにラビ！　オレから離れないように！」

「リン！　行くよ！　俺の守りは任せるよ!?」

「はい！　それが私の役目です！」

馬から降りて、リンとともに駆けていく！

「だ、誰か!?」

「数が多すぎる！」

「うーん、衝撃の強い魔法は使えないかなぁ」

村人を巻き込んじゃうし。

ならオリジナル魔法でいこうか……よし、これかな。

「ガトリングストーン」

名前の通り、連射式のように石の玉が飛んでいく！

「ゴキァ!?」

「グヘェ!?」

それらが、村に入り込もうとした魔物を貫いていく。

「これで、ひとまずは安心かな」

「だ、誰だ!?」

村の一人が、俺に向けて声を上げる。

「リン！　説明してくる！　時間稼ぎをして！」

「了解です！」

リンが向かうのを確認し、村人に話しかける。

「貴方が責任者ですか？」

「は、はい！　この村の村長です！　あっ、貴方様は？」

良かった、一応貴族の服を着ておいて。

「私の名前はマルスと申します。この地で、新しい領主を務めています」

「あ、貴方様が！　ヨル殿から話は聞いております！　ありがとうございます！」

……うん？　俺は、特に何もしていないんだけど？

まあ、話が早そうで助かるけど。

「ただ今、顔見せを兼ねて挨拶をして回っているところです。とりあえず、あいつらを倒しますので、村人には村の中央に集まるように指示してください」

「わ、わかりましたっ！」

俺はすぐさまに引き返して、リンの元に向かう。

リンの周りには、すでにたくさんの魔石が転がっていた。

「さすがはリンだ。ほとんどの魔物がいなくなってる」

ん？　あれは？　何やら、フードをかぶった奴が数体いる。

「シネッ！」

「なっ!?」

そいつは、火の玉——魔法を放った！

「マルス様！　スカルメイジです！　物理攻撃が効きません！」

「なるほどね、あれがそうなのか」

「シネシネシネ……」

ブツブツと怨念を垂れ流しながら、魔法を放ってくる。

魔法に弱く、魔力が使えない獣人の天敵ってやつだね。

「リン、俺の後ろに。たまには守らせてね？」

「マルス様……ふふ、新鮮ですね」

すると、一斉に魔法を放ってくる。

「「「「シネ！」」」」

「死ぬのはそっちだよ――ファイアー《炎》ストーム《風》」

俺の正面に、風と火の複合魔法による炎の竜巻が発生する。

それらが敵の魔法を飲み込み――さらに、奴らをも包み込む。

「アァァ！」

断末魔の叫びが聞こえ、それが収まった時……魔石だけが残っていた。

「うん、成功だね」

「す、すごい威力ですね……跡形もなく」

「ふふふ、日々進化しているのだよ」

すると、シルク達もやってくる。

「怪我《けが》はありませんの!?」

「ええ、大丈夫ですよ」

「うん、平気だよ。ただ、村人の中にはいるかもしれない」

「ほっ、良かったですわ。そうですわね、では行ってきますの」

その後、シルクが怪我人を治療していく。

ラビは、そこに包帯を巻いていく。

癒しの力も万能ではないから、きちんとした処置が必要らしい。

「あ、ありがとうございます！」

「いえ、私はマルス様の命に従っただけですわ」

「マルス様！　ありがとうございます！」

「ちょっと!?」

「ふふ、これで良いんですの」

「うーん、むず痒《がゆ》いや」

怪我人はシルク達に任せて、五十代くらいに見える村長に話を聞く。

ちなみに、リンとレオには周辺を警戒してもらっている。

「えっと、何があったんです？　普段から魔物が出るんですか？」

「い、いえ、定期的に兵隊の方が巡回してくださるので……」

ほっ、良かった。

ヨルさん達がサボっていたわけではないと。

「それでは、いつもと違うと？」

「ええ、そうなのです。ついこの間、討伐をしていただいたので……まだ、出るタイミングではないと思いますし、ホブゴブリンやスカルメイジが出ることなんて初めてです」

うーん、原因は何だろう？　帰ったら、姉さんに相談しないと。

「わかりました。ひとまず、巡回回数を増やすようにしますね」

「おおっ！　ありがとうございます！」

「いえいえ、これも私の仕事ですから」

「噂《うわさ》などあてになりませんな！　こんな素晴らしい方なんて！　やっぱり、ヨル殿の言ってた通りです！」

「えっと……何を言ったので？」

「少しの間、税金を安くしてくださるとか！　さらには、少しですが食糧までいただきまして……マルス様は素晴らしい方だから、もう少し待ってほしいと言われました」

「そうだったのですね」

「ええ！　マルス様なら、必ず辺境改革をするからと！　我々もそれまで頑張ります！」

「……ええ、わかりました。ひとまず、私にできることをやります」

そんなの、一言も聞いてないよ……でも、なんか嬉しいね。

その分のプレッシャーや、めんどくさい部分はあるけど。

それでも、頑張ろうって思わされちゃうし。

やれやれ……それでも、スローライフの夢は諦めないけどね！

諦めたら、そこで試合は終了とも言うしね！（byタプタプ先生）

九話

その後も、俺達は周辺の村々を訪問した。

俺は実験も兼ねて、畑を耕して水をやったり……。

その間、シルクに生活状況や魔物について聞き込みをしてもらったり……。

レオとリンは警戒をしつつ、獣人族の説得に当たっていた。

そして日が暮れる頃、ようやくバーバラへと帰還する。

「ふぅ……疲れたぁ」

「わ、私もですの」

「やはり、人族には厳しいですね」

「オレが担いだ方が良かったかもしれないっすね」

結局、原因はわからずじまいかぁ……考えるのめんどくさいよぉ～。

そうだ！　実際に考えるのは他の人に任せようっと！

風呂に入ってご飯を食べたら、姉さんに今日の出来事を話してみる。

「へぇ、魔物が……」

「王都から何か聞いてますか？」

「いえ、聞いてないわ。ただ、推測はできるかも」

「えっ？　さすが姉さん！」

「ふふ、お姉さんに任せなさい」

チョロいね！　これで、俺は頭を使わずに済む！

「マルスゥ？　何か、良からぬことを考えてる？」

姉さんが冷たい視線を向けてくる！

「いえっ！　滅相もございません！　姉さんは頼りになると思っただけです！」

「……まあ、良いでしょう」

「そ、それで……？」

「まずは、マルス達は森に入って魔物を退治したわね？」

「うん、今もしてるよ。冒険者と獣人のパーティーで。後は、普通に狩りもしてるし」

「それが魔物達を刺激したのかも。獲物が取れないから、森から出てきたとかね」

そっか、魔獣が減ったり、森に入る人間を狩れなくなったから。

「……あれ？　俺達のせい？」

「いいえ、そういうことではないわ。貴方がやっていることは、間違いなく良いことよ。ただ、物事を起こすっていうのは、色々な変化も訪れるということ。そして、起こしたからには……わかるわね？」

「えっと……責任が伴う？」

「ええ、そうよ。お兄様だって、伊達《だて》に勢力を広げていないわけじゃないのよ？」

「そういうことかぁ……そうすることによって、弊害もあるからなんだね」

「まあ、どっちが良いかはわからないけど。ただ、お兄様はそろそろ動き出す予定だったわ」

「そうなの？」

「ええ、そうよ。ようやく王都を掌握してきたから。さて、どうするの？」

「じゃあ――やるよ。俺はダラダラしたいけど、無責任な人間にはなりたくないから」

前世でも、散々見てきた。

無責任な人間達を……破壊するだけ破壊して、直しもしない。

人を使い潰す人達を、そして自分も嫌な目にあってきた。

「ふふ、良い目ね。じゃあ、私の真面目な話は終わり。まずは、どうするの？」

「とりあえず、明日から調査に行ってみるよ」

「わかったわ。じゃあ、私は調べ物や考察を続けてるわね」

「はい、お願いします。そういえば、兄さんは？」

「あいつなら、お使いを頼んでいるわ。私は寒いから外に行きたくないもの」

「はは……」

……ライル兄さん、ご苦労さんです。

その後、部屋にて話し合いをする。

こういうのは、主に俺とシルクとリンで決めることらしい。

「さて、メンバーはどうしようか？」

「ライル様とライラ様は、連れていくわけにはいきませんの」

「うん、王族だからね。万が一、三人死ぬなんてことになったら……目も当てられないよね」

「考えたくもありませんが、そういうことですわ」

「じゃあ、これで行こうかな。リン、ベア、レオ、ラビ、そしてシルクを追加で」

「シロは置いていくので？」

「今回は食材はメインじゃないからね。あと、シロには仕事を頼みたいしね。それに、まだ戦えるほどではないよね？」

「ええ、まだまだですね」

シロには俺が思い出した料理のメモを渡してある。

今後も、色々と覚えてもらわないとね。

というわけで、早速シロに教えていこうと思います。

他のみんなは準備をするので、俺はダラダラ……ゲフンゲフン。

指導という名の仕事をしたいと思います。

「みなさん！　真面目な話ばかりじゃつまらないよね⁉」

「マルス様？　誰に言ってるんですかぁ？」

「まあ、気にしないで。言ってみただけだから」

「はぁ……それで、今度は何をするんですか？」

「生姜焼《しょうがや》き定食を作ります！　なぜなら、今日はブルズが取れたからです！」

少しずつ狩りに慣れてきて、ようやくブルズ程度なら取れるようになってきた。

「生姜を焼くんですか？」

「えっ？　ああ、そういうことではなくて……」

生姜焼きの文化がないと。

あと、ベーコンも見たことないなぁ……あれは、たしか海賊が塩漬けした豚肉を誤って湿った薪で燻《いぶ》したのが始まりで、偶発的なものだ。

この世界に船はあるけど、遠出はできない。

なぜなら、魔物が溢れているからね。

つまりは、ベーコンもない……ふふ、俺が作るしかないね。

「生姜をすりおろしたものに色々足して、そのタレで肉を焼くんだよ。さて、頼んでおいた仕事はやってるかな？」

「はいっ！　ブルズのロースにハチミツを塗っておきました！　すごいですね、これ。ロース肉は硬くて食えない人もいるんですけど」

「ふふふ、それがハチミツの効果だよ。じゃあ、まずは醤油にハチミツと生姜のすりおろしを入れるよ。最後に、りんごのすりおろしと、玉ねぎのすりおろしも入れちゃおう」

「わわっ!?　果物入れちゃうんですか!?」

「うん、甘くて美味しくなるからね。玉ねぎも、肉を柔らかくするし」

玉ねぎは、優しくすりおろすと辛みが抑えられる。

そして酵素によって、肉を柔らかくする。

砂糖の代わりにハチミツとりんごを使うことで、甘いけど爽やかな味になるはずだ。

「それにロース肉を漬けると」

「ふぇ〜漬けるっていう感覚が不思議議ですね！　あと余熱調理でしたっけ？　もっと、色々教えてください！」

「良いだろう、ついてきたまえ。では、これからは師匠と呼ぶように」

「はいっ！　師匠！」

「タララタッタラ〜！　マルスは弟子をとった！」

「えっと……？　リンさんがいないと突っ込む人がいないよぉ〜」

むぅ……リンには突っ込みも教えてもらわないといけないか。

ついでなので、待っている間に話をする。

「そういえば、リンとはどうかな？　しっかり教えてもらってる？」

「はいっ！　午前中に稽古をつけてもらってます！」

「そっかそっか、それなら良かった」

「でも……僕がリンさんみたいになれますか？」

「どういうこと？」

「リンさんってかっこいいし、強いし、頭も良いし。僕、全然弱くて……だから、連れていっても足手纏《あしでまと》いになっちゃう。この前、マルス様が言ってましたよね？　リンさんも昔はどうとか……」

ふむ、そういうことか。

まあ、師匠には弟子を導く責任があるよね。

「じゃあ、今から少しだけ昔話をしよう」

俺は過去に思いを馳《は》せ、当時の記憶を引っ張り出す……。

十話

あの日出会った時から、俺はリンと暮らすようになった。

それは良いけど……最初は大変だったなぁ。

「君さ」

「ご、ごめんなさい！」

「い、いや、怒ってるわけじゃなくて……こっち来れる？」

自分の部屋に連れてきたは良いけど、部屋の隅っこから動かなかったね。

「い、痛いことしませんか？」

「うん？　しないよ」

「うぅ……」

怯《おび》えきっていて、触れたら壊れそうな身体をしていた。

今考えると、俺が男だからっていうのもあったんだろう。

「ほら、お腹空いたでしょ？」

「で、でも……ほんとにいいんですか？」

「うん、君も食べてよ。ここんところ、ずっと一人でつまんなかったし」

「わたし、奴隷だし……何もできないし、失敗ばかりで……こんなのもらう資格ないです」

こんな感じで、ご飯を食べさせるのも一苦労だった。

しかも、俺と一緒にということを頑《かたく》なに断っていたし。

でも、当時の俺も寂しかったんだと思う。

ロイス兄さんは王位に、ライル兄さんは騎士団に、ライラ姉さんは宮廷魔道士として働き始めた頃だったから。

「誰だって、最初は失敗するさ」

「あのぅ……どうして、マルス様は殴らないんですか？　失敗ばかりのわたしを……」

「そんなの非効率じゃないか。怒ったり殴ったりしたところで、相手を萎縮させるだけだし。何より、めんどくさいし」

「……ふふ、変な人」

「おっ、いい顔だ。やっと笑ってくれたね」

「ご、ごめんなさい！」

「何も謝ることないさ。ほら、一緒に食べよう」

「……はいっ！」

そうして……俺は少しずつ時間をかけて、リンと接していった。

一定距離をとって、極力近づかないように。

そうしていくうちに、リンの警戒心が溶けていった気がする。

「マ、マルス様」

「ん？」

「わたしは、何をしたら……？」

「別に何もしなくていいんじゃないかな？　今まで辛い目にあってきたんだからさ」

「でも、奴隷のくせにって……」

「気にしないでいいよ。俺なんて穀潰しとか言われてるし」

「あの、その……マルス様は優しいですよ？」

「ありがとう。まあ、したいことがあるなら好きにしていいよ」

「したいこと……」

そうだ、この頃はおどおどしてて……とっても弱々しかった。

いつからだったかな？　リンが今みたいになったのは……。

「マルス様！」

「うん？」

「わたし……私は、今日から名前に相応《ふさわ》しい女性になります！」

「へっ？」

「マルス様はお優しいのに……どうして、みんな悪口を言うのですか!?」

「リン、何か言われたのかい？」

「だ、大臣って人達が……わたしにも、奴隷の分際で視界に入るなって」

この頃はロイス兄さんも王位に就いたばかりで、俺への風当たりも強かった。

「そうか……でも、それなら話は別だね」

「へっ？」

「大事なリンが傷つけられて黙ってはいられないね。さて、どうし」

「良いんです！」

「リン？」

「マルス様はダラダラしてて良いんです！　私が強くなって、何でもできるようになって……マルス様には立派な従者がいるって言わせてみせますから！」

「いや、でも……」

「マルス様が、たまに遠くを見ていること知ってます。ダラダラしてるのだって、何か理由があるのでしょう？」

「……わからないんだ」

この時の俺は、何故《なぜ》ダラダラしたいのか理由がわからなかった。

そうだ……そんな俺に、リンが言ったんだ。

「それでも良いんです。いつかその日が来るまで……私が貴方をお守りします。それが、私がしたいことです」

そこからのリンはすごかった。

ライル兄さんに稽古を申し込み、ライラ姉さんから教養を学び、ロイス兄さんからは貴族間の教えを受け……そうして、今のカッコいい凛《りん》とした女性になっていったんだ。

うん？　つまりは、俺のためってことか……今更だけど。

リンは俺に助けられたと思っているみたいだけど……今考えると、助けられたのは俺だったかもね。

「まあ、そんな感じ……シロ？」

「あぅぅ……グス……リンさんの気持ちわかります！」

「そ、そう？」

「僕も頑張ります！　師匠のために！」

「そっか……じゃあ、作ろっか」

「はいっ！」

フライパンに油を入れ、漬けておいたロース肉を弱火で焼いていく。

「火が強いと、肉は硬くなっちゃうからね」

「なるほど、強火はダメと……」

シロは一生懸命にメモをしている
「千切りキャベツはできるよね？」

「はいっ！」

「じゃあ、お願いしようか」

俺が肉を焼いている間に、シロはキャベツを切っていく。

汁物はすでに用意してあるので問題ない。

ただなぁ～米が美味しくないんだよねぇ。

いや、そこまで不味《まず》いわけではない。

現に、みんなは気にしていない。

ただ、記憶を思い出した俺にとっては、これじゃない感が半端ない。

準備ができたら、皿に盛り付け……完成だ。

「みなさーん！　どんどん運んでください！」

ワンプレートに肉とキャベツ、カップに入れた野菜のスープ、キュウリの漬物、米を載せる。

それを主婦の方々が、食堂へと運んでいく。

最後に俺達も移動して、食事となる。

今日はテーブルについて、仲間内だけで食べる形式だ。

「では温かいうちにどうぞ！　生姜焼き定食です！」

俺は我慢できずに肉に齧《かぶ》り付《つ》く！

「っ～!?」

旨っ！　柔らかっ！

生姜が効いてるけど、ハチミツのまろやかな甘さと相まって相乗効果を生み出してる！

……やばい！　今すぐに米が欲しい！　なので、すぐさま米をかき込む……が。

「違う！　これじゃない！」

「マ、マルス？」

「ど、どうした？　これ、めちゃくちゃうめぇが……」

「あっ――すみません。米がもっと美味しいと良いんですけど」

「たしか……南にあるセレナーデ国は、水源が豊富で美味しい米があるって話ね」

「なんですと!?　姉さん!?　本当ですか!?」

「え、ええ……ただ、ものすごく高いわ。輸送代もかかるし、重たいものだから」

そうか……南にある国は海に面しているし、海産物も豊富だって話だったっけ。

これは、一度考えなくてはいけない！

俺の領地で美味い米が作れるのは先の話になるし。

それに、なるべく美味しい米をみんなにも食べさせたい。

それが、俺が作る料理にどんなに合うかをわかってほしい。

ハンバーグ、卵かけご飯、とんかつ……それらが食べたい！

決めた……明日の調査で、卵をゲットしよう。

そして、お金に関してはヒートの魔石を作ればいいはず。

今ならまだ寒いから、それなりの値段で売れるはず。

俺は一刻も早く、美味しいお米で――肉が食べたい！

十一話

米の話を聞いてから一夜明け、出かける準備を整える。

そうと決まったなら、一刻も早く出かけないと。

だが、出かける前に聞いておくことがある。

「ヨルさん」

「なんでしょう？」

「村人から聞いたんですけど……何か、俺のことを言っていたとか」

「す、すみません！　勝手なことを言ってしまって！」

「いや、別に良いんですけど……ほどほどでお願いしますね？」

「はい、わかりました」

「ふふ、マルス様は照れ屋さんですから」

「シルク、別に俺は……」

「そうですよ、マルス様は褒められ慣れてませんから」

「リンまで……もう、それで良いや」

褒められるのは嬉しいけど、周りが持ち上げるのは困るなぁ。

俺は後々静かに過ごしたいわけだし、そんなに人間ができてないし。

そのうち、調子に乗って失敗しそう……気をつければいいだけの話なんだけどね。

「あと、聞きたいんだけど、森に変化とかなかった？　そういう報告はない？」

「何かあったのですか？」

村の魔物のことや、姉さんの推察を知らせる。

兵士や冒険者達の報告は、ヨルさんに行くはずだからだ。

森の中で変化があったなら、気づいてもおかしくない。

「ホブゴブリンやスカルが……いえ、報告には……いや、少々お待ちください！」

そう言って駆け出して、十分くらいで戻ってくる。

「ぜぇ、ぜぇ……す、すみませんでしたっ！」

すると、いきなり九十度の角度で謝ってきた。

「どうしたの？」

「そ、それが、異変を感じた者は数名いまして……」

「へぇ？　報告がなかったの？」

「これは私の責任です。実は以前、ここにいた責任者……私の上役ですね。その方に報告をすると、いつも『いちいち報告してくるな！』と怒鳴られてまして。他の兵士達もそんな感じだったもので……」

うわぁ～前の世界にもいたよなぁ。

こっちは大事な報告してんのに、全然聞かない上司とか。

しかも、それで何かあったら、責任はこっちに擦《なす》りつけるっていう……ヤダヤダ。

「そうだったんだね。じゃあ、これからは何でも伝えるように言っておいて。別に、怒ったりしないからさ」

「はいっ！　徹底させます！」

「うん、よろしくね。ホウレンソウは大事だからね！」

「ホウレンソウ？」

「えっと……報告、連絡、相談が大事ってこと」

「なるほど！　それいいですね！　早速伝えてきます！」

そう言い、ヨルさんは再び部屋を出ていった。

「うーん、目安箱でも作ろうか？」

「何ですの？」

「えっと……平民、貴族、獣人、子供大人関係なしに意見を入れられる箱だね。やっぱり、直接言いづらいこともあるだろうし」

「良い案ですわ！　では、私の方でやっておきますの」

「うん、お願い」

まあ、貴族に意見なんて考えは浮かばない世界だもんなぁ。

多分、最初は怖くて誰も本音を書かないと思うけど……やらないことには始まらないし。

その後、気を取り直して出発し、バーバラから出て森の中に入っていく。

俺とシルクとラビを中心に、レオとベアとリンで囲む。

「ラビ、頼んだよ」

「はい！」

その顔からは緊張はうかがえない。

どうやら、慣れてきたようだ。

「あいたっ!?」

すると、ラビは……突然、何もないところで転んだ。

「どうやら、そうでもないね」

「あぅぅ……」

「ラビ、見せてください」

「やっぱり、シルクを連れてきて正解だったね」

シルクが怪我を癒して、先へと進む。

そして、あることに気づく。

体感的に、一時間は歩いているのに……。

「ゴブリンが減ってます」

「リンの言う通りだね。前は、この辺りにもいたんだけど」

「ボス、どうしやす？」

「どうやら、みんなが仕事してくれたおかげだね。じゃあ、いつもより少し進んでみよう。そうだなぁ……ラビ、川の流れとか聞こえる？」

川の水があるということは、もしかしたら魔獣もいるかも。

「今は……聞こえません」

「よし、じゃあラビは音だけに集中して」

「はい！」

「転びそうになったら、俺が受け止めるね」

「うぅ〜お願いしますぅ」

その後、ようやくオークとゴブリンに出会う。

「シッ！」

「オラァ！」

しかし、リンとレオが瞬殺する。

「主人！　スカルだ！」

「あ、あれがそうなのですね」

ベアが指差す方には、スカルナイトが数体！

「シネシネ」

「シネ」

「ひっ……」

俺はシルクの前に立ち……。

「怖がらせるなよ――アースクラッシャー」

大岩を頭上に出現させ、まとめて押し潰す！

「リン、他には？」

「……平気ですね」

「シルク、平気？」

「は、はぃ、あんなに近くで見たのは初めてだったので……」

「連れてこない方が良かったかな？」

「い、いいえ！　私はついていきますわ！　死ぬ時は一緒です！」

「いや死なないから！」

「こ、言葉のあやですわ！」

「ご、ご主人様！」

突然、ラビが俺の服を引っ張る。

「あっ、ごめんね。うるさくて聞こえないよね」

「ご、ごめんなさい」

「えっと、違くて……水の流れる音が聞こえます」

「ほんと？　どっちかな？」

「えっと、こっちです」

するとリンとレオが、魔石を回収して戻ってくる。

「どうやら、ラビが川の流れる音を聞いたみたい。ラビ、案内してくれる？」

「はいっ」

レオに守られつつ、ラビが先導して歩く。

途中で、魔物や食えない魔獣を倒しつつ……。

一時間くらい歩いていると、幅五メートルほどの川を発見する。

「おおっ！　川だっ！」

「どうやら、誰も来てないようですね。人が通った形跡はまるでなかったですし」

「ええ、報告にもありませんでしたの」

「どれ！　覗《のぞ》いてみようか！」

俺が川に近づこうとすると、ベアの腕が遮る。

「ベア？」

「主人、川の中に何かいる」

「えっ？」

「オレも気配を感じます。ボス、気をつけてくださいよ」

「ご、ごめんね」

「俺が様子を見よう。この中では、一番水に強い」

……そういや、くまさんだったね。

「では、レオ。私達は警戒を」

「へいっ！」

俺達が二人に守られる中、ベアが川へと近づいていくと……。

「ギシャァ――!!」

「むっ！」

川から飛び出してきたどでかい魚？が、ベアの腕に食いつく！

「ベア!?」

「主人！　問題ない――セァ！」

ベアは噛《か》まれている腕ごと――魚を地面に叩《たた》きつけた！

「ギガ……」

「ふぅ、これで良いだろう」

魚はビクビクと痙攣《けいれん》して……動かなくなった。

「お見事ですね、ベア。徐々にですが、熊族としての力を取り戻しています」

「ああ、これもライル殿のおかげだ」

「い、痛くありませんの？」

「お嬢さん、平気だ。熊族は、身体の頑丈さが売りだからな」

「ボス！　俺も強くなりましたぜ！　あとで見せてあげます！」

「うん、楽しみにしてるね」

そうか、もう二人とも元に戻ってきてるんだ。

じゃあ、そろそろ……バイスンの飼育作戦を決行しても良いかも。

十二話

　ひとまず、ベアが釣り上げた魚をまじまじと見てみる。

　うーん、何処かで見たことあるような……少し赤みを帯びて、銀色に輝く身体。

「サーモスですわ！」

「シルク？」

「川に住む魔魚ですの！　最近では見かけないとお父様が言ってましたわ！」

「へぇ、たしかに食べたことないね」

「私も食べたことないですの」

「やっぱり、森の奥にいるってことか。食材の宝庫ってことだよね」

　つまりは……サーモンだよね？　それともシャケ？　まあ、どっちでもいっか。

「うぉぉぉ‼　サーモスゲットだぜ！」

「きゃっ⁉　び、びっくりしますの！」

「ご、ごめん。つい感極まってさ」

「むっ……こやつ、孕《はら》んでいるのか？」

「本当ですね、お腹が大きいです」

「えっ⁉」

リンとベアの台詞《せりふ》に、俺の胸が高まる！

スジコか!?　イクラなのか!?

「どうしましたの？」

「たしか、文献で見たことあるよ。その卵は宝石のように光り輝き、その美味しさに思わず笑みがこぼれると」

いや、知らないけど。

でも、そんな感じだよね。

「素敵な響きですわ……どういたし――」

その時――キュルルーと可愛らしい音が鳴る。

「シルク？」

「はぅ……！　淑女にあるまじき行為ですわ……！」

どうやら、お腹が鳴ったらしい。

「ふふ、お腹が空いたのかい？」

「マルス様のせいですの！」

「ええっ!?」

「素敵な台詞を言うからです！」

「そんな怒られ方ある!?」

「はいはい、二人とも落ち着いてください。ここは森の中ですよ」

リンの言葉に、二人とも我に返る。

「そ、そうだったね」

「す、すみません」

「でも、たしかにお腹が空きましたね。もう二時間くらい歩いてますから。ここは川があって見晴らしも良いですし……マルス様、ここで昼食にしますか？」

「そうだね。包丁だけはあるし、皿なんかは魔法で出せば良いし」

「では、俺とベアで枯れ葉と木を集めてこよう」

「うし、任せといてください」

その間に、俺は土の壁を作る。

そこにいつものように、椅子やら机やらの準備をする。

「これでよしと……でかいね」

細長い石のテーブルを作ったが……そこで寝そべっているサーモスは迫力満点だ。

口元はギザギザの歯があるし、ラビくらいなら丸呑《まるの》みできそうだ。

「そっか、シロがいないから俺がやらないといけないんだ」

頭の部分に包丁を入れるが……。

「かたっ!?　無理無理！」

「私にお任せください——シッ！」

リンが刀を振り抜くと、首がスパッと切れる。

「おおっ！　すごいね！」

「ふふ、ありがとうございます」

「よし、これなら……いけるね」

切った箇所から包丁を入れていく。

すると、卵のかたまりが見えてくる。

「これを上手く取って……」

「わたしが預かります！」

「よし、お願い」

三十センチくらいの卵のかたまりを、慎重に手渡す。

「これ、どうします？」

「そこの綺麗な皿に置いてくれる？」

「はい……置きました」

「じゃあ、危ないから離れてね――凍れ」

スジコさんを、瞬間冷凍保存する。

本当なら水気をきったり、小分けしたいけどね。

まあ、前の世界と同じとは限らないし。

あとは、帰ってから処理しよう。

「そしたら、内臓を取って……」

「私がやりますね」

「リン、ありがとう」

リンが力ずくで内臓部分を取り出す。

「よし、そしたら……水よ」

全体を水で流し泥を落とし、中もしっかりと洗う。

「そしたら、三枚おろし……ああ！　めんどくさい！」

俺は咄嗟《とっさ》に、風の刃をイメージして腕を水平に振り抜く！

「あれ？　……できた？」

確認してみると、見事におろされている。

「そうか、イメージが大事ってことか……」

「す、すごいですね……私達など紙切れのように切れますね」

「はわわっ……！　怖いです！」

「マルス様、気をつけてくださいませ。私達が後ろにいたから良いですけど……」

「ごめんね、みんな。うん、気をつけるよ」

ひっくり返して、同じように風の刃で三枚おろしのようにする。

「あとは、これを一口サイズに切って……」

「ボスッ！」

「主人よ、持ってきたぞ」

「おっ、タイミング良いね。じゃあ、みんなで串に刺してね」

俺が切ったサーモスを、みんなが用意した石の串に刺していく。

「俺はその間に……火よ」

天井に穴の空いた土の壁を作って、安全を確保。

その穴の真下に枯れ葉や木を置いて、火をつける。

「みんな、その周りの地面に串を刺してね」

火を囲んで、それぞれ座り、自分の前にサーモスの串を置く。

「これで良しと……おおっ……！」

すぐにパチパチという素敵な音とともに、香ばしい香りがやってきて……辺りを包み込む。

空いてる場所は天井だけなので、良い香りがダイレクトに伝わってくる。

「ゴクリ……！」

誰かが唾を飲む、いや全員かもしれない。

みんな黙ってしまい、視線がサーモスに釘付《くぎづ》けになる。

「ボ、ボスッ！」

「まだだっ！　慌てるんじゃない！」

動こうとするレオを止める。

「ふぁ……良い匂いがするよぉ～！」

「ラビ！　火に近づいちゃダメだよ！」

ふらふらと、火に顔を近づけるラビも止める。

「あ、主人よ、よだれが止まらん……！　なんだ、この感覚は！」

「ベア！　落ち着いて！　よだれまみれになるから！」

くまさんにとっては大好物だもん、そりゃ無理もないよね。

「マ、マルス様……！　食べたいです……！」

「リン！　まだだよ！　もう少しだから！」

今度はリンが危ないので、引き止める。

「わ、私としたことが、はしたないですの……！」

「シルク、もう少しだから……！」

リンは前のめりに、シルクは隣でずっと喉を鳴らしている。

俺の気分はさながら、待てをしている飼い主のようだ。

まあ、そういう俺も……さっきからずっとよだれが止まらないんだけどね。

そして、色合いを見て……。

「良し！」

俺を除く全員が串を取り――齧り付く！

「うめぇ！」

「旨い！」

「おいひい！」

「むぅ……止まりませんね」

「ハフハフ……塩っ気があって……美味しいですの」

ふふふ、どうやらみんな満足のようだ。

「では、俺も――っ!!」

口の中で脂が溢れてくる！

カリッと香ばしい皮と、厚みのある肉！

「この濃厚な旨味がたまらん！」

みんなが顔を見合わせて、黙って次々とサーモスの切り身を串に刺していく。

そして、再び焼き……齧り付く。

そして、黙々と食べる……焼く……食べる。

そして、十人前くらいあったサーモスはあっという間になくなった。

俺は全員に視線を向けて……。

「美味かったね！」

「「「「はいっ！」」」」

すると、みんなが満面の笑みを浮かべる。

俺達は森の中にいることも忘れ、楽しい食事をするのだった。

あっ――持って帰る分を取っておくの忘れてたや。

まあ、また取りに来れば良いか。

十三話

　食べ終わった後、少し休憩をし……再び探索を開始する。

「よし！　しゅっぱーつ！」

「でも、帰りが遅くなりませんこと？」

「そうですね。日が暮れると魔物や魔獣も厄介ですし。私達獣人はともかく、人族には見えづらいでしょうし」

「うーん……」

　でも、まだ卵を見つけてないしなぁ。

　これはこれでありだけど、卵違いだし。

「いや、問題ないのではないか？」

「ベア？」

「主人の魔法は強力だ。あれなら、夜であっても平気だろう。幸い、俺とレオは力も戻ってきている。これなら、一晩くらいは余裕で起きていられる」

「おうよっ！　ボス、俺らが見張りしますんで安心して寝て良いっすよ」

「なるほど、それならば問題ないですね。いざとなれば、私がどうにかしましょう」

「待って。シルク、平気？」

「少し怖いですけど……マルス様が守ってくださいますか？」

「うん、もちろん」

「じゃあ、頑張りますの」

ということで、探索を続けることになる。

魔物を倒しつつ、奥へ進む。

「く、暗くなってきましたわ……」

「シルク、大丈夫だよ。みんないるから」

「は、はぃ……」

やっぱり、侯爵令嬢であるシルクにはキツイよなぁ。

でも、本人がついていきたいって言うし……俺にできるのはしっかり守ることだね。

「ご主人様、何か聞こえます！　ものすごい速さで、こっちに向かってます！」

「ベア！　レオ！」

「「おうっ!!」」

すぐさま、二人が前に出る。

「リン！」

「ええ、お任せを。ラビ、貴方は警戒に専念しなさい」

「はいっ！」

「シルク、俺の背中から離れないで」

「は、はぃ」

そして、現れたのは。

「ブホェ！」

「ブベェ！」

「オークの群れか！」

「十じゃきかないぜ！」

「問題ないよ――アイシクルエッジ」

空中に氷の刃を出現させ、それらを飛ばす！

「フゴォ!?」

手や足に当たり、奴らの動きが鈍る。

「今のうちに！」

「レオ！」

「おうよっ！」

その隙をつき、二人が前に出て、なぎ倒していく。

「ふぅ……やっぱり、威力調整が難しいなぁ」

魔獣達のために、なるべく自然を破壊したくない。

大技を使ったら、遠くにいる魔獣達ごと殺しちゃうかもだし。

「魔力は平気ですの？」

「うん、全然余裕だね。そういや、そういうのも姉さんに調べてもらおうかな」

「あれ？　……大きい生き物が……来ます！」

ラビの言葉に、リンが反応する。

「レオ！　ベア！」

「むっ！」

「うおっ⁉」

次の瞬間――体当たりによってベアが吹き飛ぶ！

「ぐはっ⁉」

「ブルァァ――‼」

「ベア⁉　ちくしょーが！」

レオが相手をしているその魔物は……オークを一回り大きくした、お相撲さんみたいな奴だった。

「ひっ⁉」

「ジェネラルです！　ランクはD級です！」

「なるほどね……ここまで進むと、こういうのも出てくるわけね」

シルクの手を握りつつ、俺は魔法を唱える。

「アースランス」

俺の魔法が奴に当た……らない。

「ブルァ！」

「へぇ……加減したとはいえ、俺の魔法を拳で砕いたのか」

「流石《さすが》に、あの辺りになると強いですね――私がやります」

「じゃあ、牽制してくれる？　そしたら、トドメを刺すから」

「ええ、お願いします。ベア殿！　レオ！　交代です！」

二人が下がってきて、俺達の守りにつく。

「むぅ……すまぬ、主人よ。良いのをもらってしまった」

「チッ、今のオレではタイマンはきついぜ」

「気にしなくて良いよ。君達は、まだ万全の状態じゃないんだからさ。それに、リンがいるからね」

リンの様子をうかがうと……。

「ブルァ！」

「甘いですね――シッ！」

拳や棍棒《こんぼう》の攻撃を的確に躱《かわ》し、居合斬りでカウンターをくらわせる。

「ゴキァ!?」

「まだまだです！　セアッ！」

目にも留まらぬ速さで、刀を振り抜く！

その度に、オークジェネラルから血が流れていく。

「あ、姐《ねえ》さん……すげぇ」

「これが最強種と言われる炎狐族《えんこぞく》の力か……見事だ」

「わぁ……かっこいいですねっ！」

「リン……綺麗……やっぱり、貴方が羨ましいですの」

「これ、俺いらないかも」

強くなったなぁ、あんなに弱々しかったのに。

それも全部、俺のためになんだよね。

昨日記憶を思い出したから、強く思う。

「なら……俺も、リンが仕えるに恥じない男にならないと」

「マルス様？」

「ちょっと行ってくるね！」

俺は駆け出して、ジェネラルに迫る！

「マルス様!?」

「ほら！　俺を守って！　至近距離からくらわせるから！」

「ふふ――ええっ！　お任せします！」

俺の言葉に、リンは満面の笑みで応える。

「ゴァァァァ！」

棍棒が振り下ろされるが……。

「やらせません！」

刀を斜めにして、棍棒を受け流しつつ——すれ違いざまに一太刀！

「ゴァ!?」

俺はその隙を逃さず近づき……。

「ウインドブレード！」

魔力を圧縮し、手刀をイメージして振り抜く！

「ゴァ!?　……ァァァ！」

少し遅れて、奴の身体が真っ二つになり……大きな魔石となる。

「ふぅ、イメージ通りにいったね」

「お見事です、マルス様」

「リンこそね。本当に強くなって……ありがとね」

「な、何を？」

「俺のために強くなってくれて……リンには感謝してるんだ」

「わ、私は……その言葉があれば十分です」

「そっか……」

その後、魔石を回収して、ラビが反応した方に向かうと……。

「いた……ゲルバだ」

「何やら、木の陰に座ってますね」

一羽のゲルバがいて、木の陰に座っている。

「たしか、卵はオスが温めると聞いたことがありますの」

「ということは、あの下にあるかもしれないってことか」

「どうする？　俺が引きつけるか？」

「いや、万が一卵が割れるとあれだから、俺がやるね」

土や風だと、余波で卵が割れる恐れがある。

破片とか落ちたらやだし、水魔法を圧縮させて……。

「水の刃よ、全てを切断せよ――アクアブレード」

水の刃が駝鳥《だちょう》のように伸びてる首に吸い込まれ……次の瞬間、地面に首がずれ落ちる。

おそらく、相手は死んだことにすら気づいていない。

「よし、上手くいった」

「み、水魔法であんな威力を？」

「ふふ、リン。要は、使い方次第ってことさ」

「マルス様、すごいですの」

「主人は底なしか……」

「オレ達も頑張んねえとな！」

「わぁ……何もせずに勝っちゃった」

その後、調べると……やっぱりあった。

「ふふふ、卵ゲットだぜ！　これで、色々作れるぞぉ〜！」

そのうちケーキとかも作りたいし、夢が広がるねっ！

十四話

ようやく、念願の卵を手に入れたけど……。

いよいよ暗くなってきたので、来た道を戻っていく。

もちろん、ゲルバ本体はベアが担いでいる。

ちなみに、卵は俺が抱きかかえてスリスリしています。

「ふふ～卵ちゃん～何を作ろうかなぁ～」

「マルス様、よそ見をしていると転びますよ？」

「おっと、そうだね」

そして、ある程度と歩くと……。

「この辺りが限界ですかね」

「ふむ、そろそろ人族には厳しいだろう」

リンの案内で、多少ひらけた場所に到着する。

「ここなら何か音が鳴ったらすぐにわかるね。じゃあ、チャチャッとやっちゃいますか」

土魔法により……あら、不思議。

「こんな森の中にステキな一軒家が！　一体どんな方が住んでいるのかしら？」

「マルス様？　どうしたんですの？」

「ほっときましょう。いつもの病気です」

「相変わらず、辛辣なセリフを……スン」

なんとなく、テレビ風にやってみただけだし。

そういや、テレビとかゲームとかないけど退屈とか思わないなぁ。

きっと、なかったらなかったで、普通に生活できるものなんだね。

昔の人は、それが当たり前だったわけだし。

ひとまず、土の建物にみんなが入る。

「これで、見張りも最低限でいいはず。一晩二晩くらいなら俺の魔力も余裕だし」

「マルス様、それは貴方だけですの。やはり、ライラ様にきちんと見てもらった方が良いですわ」

「うん、帰ったら頼むよ」

「ところで、ご飯はどうしますか？　ゲルバがありますけど……」

「個人的には、まだお腹いっぱいなんだよね」

俺の言葉に、みんなが頷《うなず》く。

「では、こうしましょう。今すぐに寝て、早朝になったら帰還するとしましょう。あまり遅くなると……ライラ様が森を焼け野原にしかねません」

「あ、ありえますわ……！　『マルスはどこ!?』と言いながら、森を燃やす姿がありありと目に浮かんできますの」

「そんなことは……ありそうだね」

俺の脳裏に浮かぶ、炎を撒《ま》き散《ち》らしながら荒ぶる姉さんの姿が。

「あとはライルさんが死にますぜ」

「ああ、そうだな。きっと止めようとして……燃やされるな」

「あわわっ……いつも、燃やされてますもんね」

その姿も、何も考えずとも浮かんでいる……ぎゃァァア！という叫び声とともに。

「よ、よし！　早く帰ろう！　死人が出る前に！」

みんなが顔を見合わせ、同時に頷く。

たった今、全員の心が一致した瞬間である。

というわけで、人族である俺とシルク。

幼いラビと、いざという時のリンが休むことになる。

「二人とも、悪いね」

「主人よ、気にするな」

「そうっすよ。オレらは体力だけはありますから」

「わ、私……こんな場所で寝れますでしょうか？」

まあ、そうなるよね。

生粋のお嬢様で、俺みたいに木の上で寝たりしないし。

「ちょっと待ってね……これで良いかな」

土を変形させて、地面の上にベッドのような形のものを作る。

やっぱり、姉さんの言う通りイメージが大事らしい。

「す、すごいですわ！」

「もう呆《あき》れを通り越して……なんというか。でも、これでオーレン様に怒られないで済みますね」

「シルクを床で寝かせたなんて知られたら……ブルブル」

考えただけでオシッコちびりそうです。

そのベッドもどきに毛布を敷いて……。

「はい、どうぞ」

「わ、私だけですの？」

「私は立ったままでも寝れますので」

「わたしも床で寝るのは慣れてますし……」

「うぅー……私も床で寝ますわ！」

「そんなことしたら俺が殺されちゃうよ!?」

でも意固地なところがあるからなぁ……どうしたもんかね。

「マルス様が一緒に寝れば良いのでは？」

「はい？」

「リン!?　何を言いますの!?　未婚の女性が殿方と同衾《どうきん》するなんて……！」

「ですが、それなら一人ではありませんし。不安も消えるのでは？」

……そっか、そもそも一人で寝ることなんかないよね。

しかも、こんな場所で。

「じゃあ、そうしようか」

「マ、マルス様!?」

「同衾って言っても、みんないるし」

「そ、それはそうですが……」

「ほら、さっさと寝てください」

リンが半ば強制的に、シルクをベッドに寝かせる。

「じゃあ、失礼するね」

「は、はぃ……」

狭いベッドに二人で並んで、毛布をかぶる。

……何これ？　めちゃくちゃ良い匂いがする。

甘くて、脳内が痺《しび》れる感じ。

そういや、前世も含めて初めてだね。

女性と同じベッドで寝るとか……我ながら、なんという悲しい事実。

「マルス様……わ、私臭くありませんか？」

「へっ？　い、いや、良い匂いがするけど……」

「なっ――何を言いますの!?」

「イタっ!?」

おかしい……何故、背中を叩かれたのだろう？

褒めたのに……誰か女性の扱い方を教えてください！

「ほら、お二人とも。さっさと寝てください」

「はーい」

「が、頑張りますわ……」

そして、数分後……。

「すー……すやぁ……」

「あらら、早いこと」

「シルク様には大変ですし」

「うん、頑張ってるよね」

「わかってますよね？　それが、マルス様の側にいたいからだと」

「それはもちろん」

「では、マルス様もお休みください」

背中にシルクの体温を感じつつ、俺も目を瞑《つぶ》る。

意外にも安心感を覚え……微睡《まどろ》みの中に沈んでいく。

◇◇◇◇◇

はわぁ、大変です……僕は、どうしたらいいの？

「どこ!?　マルスは!?」

「お、落ち着けって！」

「落ち着けるわけがないじゃない！　泊まりなんて聞いてないわよ!?」

「おいおい、姉貴。あいつだって子供じゃないんだし……それに、調査には時間がかかるって言ってたろ？」

「何!?　可愛いマルスがどうなっても良いっていうの!?」

「く、首を絞めないでくれ！」

「うるさいわね！　私は行くわよ！」

ライルさんをゴミのように振り払って、ライラさんが扉に向かいます！

「ま、待て！　一応、我が国唯一の王族の女性だっつーの！」

「そんなの知らないわよっ！」

「マックス！　ヨル！　てめえらも手伝え！」

「わ、私達もですか!?」

「し、しかし……触れただけで殺されるのでは？」

「ふふふ、良いわよ――全員でかかってきなさい」

そんなはずはないのに、ライラさんの後ろには鬼が見えます……！

「い、行くぞ！」

「「はいっ!!」」

大男三人が飛びかかるけど……。

「ウインドスラッシュ！」

「ぐはっ!?」

「ゴハッ!?」

風の魔法で、ヨルさんとマックスさんが！

「チッ！　オラァ！」

「燃えなさい――ファイア」

「ふっ――甘いぜ！」

ライルさんが魔法を躱しました！

「甘いのは貴方ね」

「なに？　……ぎゃアァァ！　尻が燃える～！」

何と、ライラさんは魔法を捻《ね》じ曲《ま》げて、ライルさんのお尻に当てました！

「ふんふん、やっぱり理論上は可能なのね」

僕は、勇気を出して前に出ます。

「あら？　貴女《あなた》も邪魔をするの？　できれば、怪我はさせたくないけど」

「あ、あの！」

「なぁに？」

「マ、マルス様が……大人しく待ってないと髪を乾かさないって！　あ、あと、美味しいご飯もあげないって！」

「……何ですって？」

「ヒィ!?　ご、ごめんなさい！」

「……仕方ないわね。我慢するとしましょう」

そう言って、ライラ様は自分のお部屋に戻っていきました。

「ほっ……」

「お、おい……」

「そ、それを早く言え……」

「俺達は何のために……」

「「グフッ」」

「ご、ごめんなさい！」

……マルス様～！　シルク様～！　早く帰ってきて～！

十五話

「……や、やめてください！　何故、こんなことを!?」

な、何で、オーレンさんがここに!?

「ほう？　この状況で言い訳ですか――覚悟はできていますね？」

オーレンさんが剣を振り上げ、俺に迫ってくる。

「お、俺が何をしたっていうんですか!?」

「何をですと……その隣にいる女性は誰ですかな？」

俺の隣には、シルクが寝転がっている――何故か裸で。

毛布がかかっているが……その豊満なおっぱいも、白く綺麗な肌も見え隠れしている。

「そうだ！　俺はたしかシルクと一緒に寝て……はっ!?」

「言質はとりましたぞ？　――お覚悟を」

「や、やめて！　違うんです！　話を聞い」

「問答無用――成敗！」

振り下ろされた剣が、俺に向かってくる！

「っ――!?」

……あれ？　痛くない？　それと、何か柔らかいものが……。

気がつくと、いつの間かシルクの顔が目の前にあった。

うわぁ、綺麗な顔……まつ毛長い……可愛い。

そしてあることに気がつく。

俺の手は……シルクの柔らかく、たわわに実った胸を揉《も》んでいた。

そして――そんなシルクと目が合う。

「んぁ……はえっ？　……イ、イヤァァア！」

「ヘブシッ!?」

シルクの平手打ちを顔面にくらい、俺はベッドから転げ落ちる！

「な、何をなさるんですの!?」

「ご、誤解なんだ！　悪気はないんだ！」

「うぅーお嫁にいけませんの……お父様に言わないと」

「やめて――!?　オーレンさんには言わないで～!!　お願いします！」

俺は懐かしのスライディング土下座を披露する。

これ、前世ではよくやっていました……うん、何の自慢にもならない。

「シルク様、その辺で許してあげてください」

「リンエモ○！」

「リン……」

「だから誰ですか。別に、そのうち触れるから良いのでは？」

「へっ？　……ひゃぅ……」

シルクから聞いたことない声が漏れる。

「えっと……」

そのうち触る？　……結婚したら触れる？　……おっし！　オラ頑張んぞ！

俺だって男の子ですからねー、そりゃ触りたいですよー。

よし！　目指せ！　イチャイチャスローライフ！

めっちゃ良い響きだ……道のりは果てしなく遠そうだけど。

その後、ひとまず許してはもらえたけど……。

「シルクさんや」

「……フンッ！」

「とほほ……」

顔は腫れたままだし、そっぽ向かれるし……まあ、俺が悪いんだけど。

とりあえず、バッチリ目は覚めたね。

「じゃあ、帰るとしようか」

帰る準備をして、森の中を歩いていく。

ちなみに、その間も俺は卵をスリスリしていた。

「もうすぐですからね～、ハンバーグかなぁ～とんかつかなぁ～親子丼かなぁ～」

「はいはい、よそ見しないでください」

「おっと、そうだったね。帰るまでが遠足っていうしね」

幸い、現れたのはオークやゴブリン、アントや小型魔獣のみだった。

なので三時間くらいで、すんなりと森を抜けることができた。

すると、森の外から姉さんが突撃してくる！

「マルスゥゥ――――!!」

「うひゃあ!?」

ぐぬぬ！　死ぬ!?　胸に圧死される！　これが胸を揉んだ報いなのか!?

「おい！　平気か!?　姉貴！　顔を見てみろ！」

「……まあ！　すごい腫れてるわ！　誰がやったの!?」

「えっと、それはですね……」

「あぅぅ……私は悪くありませんの」

「あん？　どういうことだ？　何でシルク嬢は顔を真っ赤にしてんだ？」

「これは……あとで、じっくりと話を聞く必要があるわね」

「ブルブル……お手柔らかに」

「お二人とも、落ち着いてください。まずは帰りましょう」

リンの言う通りに、ひとまず館に帰還する。

卵とゲルバをシロに託して、俺達は部屋に戻る。

そして、経緯を説明する。

「なるほどねぇ、それはマルスが悪いわね」

「ハハッ！　で、どうだったよ？　揉みごこちは――ぐへぇ!?」

シルクと姉さんの一撃で、ライル兄さんが沈む。

「ベア、レオ、そのゴミ《愚弟》を運んでくださる？」

「「へいっ!!　姐御!!」」

いつの間にか、ベアとレオの態度が変わっている。

どうやら、逆らってはいけないと認識したようだ。

「ふぁ……」

「シルク様、行きましょう」

「そうですね、シルク様」

やはり疲れていたのだろうね。

欠伸《あくび》をしたシルクを、リンとラビが連れていく。

つまり、部屋に残されたのは……俺と、姉さんだけである。

「マルスゥ？」

その言い方に、何か途轍《とてつ》もなくイヤな予感がする。

「さ、さて！　俺も疲れたし寝ようかな！」

「待ちなさい」

逃げようとしたのに、肩を摑《つか》まれてしまう！

「な、何か？」

「シルクから聞いたわ。マルスの魔力を測ってくださいって」

い、いつの間に……もしや、これがお仕置きということか!?

「そ、そうなんですよ！　少し気になってて……でも、今は良いですよ。ほら、俺も疲れ」

「行くわよ」

「ちょっ!?　引きずらないで～！」

「なにか用事でも？」

「ほ、ほら！　卵も手に入ったし！　ゲルバもあるし！　姉さんに唐揚げっていうやつを」

「それなら平気よ。僕が作れますって言ってたから」

「シロォォォ――!!」

何ということだっ！　教えたことが裏目に出るとは！

その後、庭に連れていかれ……。

「ファイアーボール」

「アクアボール」

「ウインドカッター」

「ロックブラスト」

ひたすらに、魔法を撃たされる。

「……疲れは？」

「えっ？　いえ、まったく。感覚的には一割程度かと」

「……恐ろしいわね。下級魔法とはいえ、すでに数十発は撃っているのに」

「そうなんですか？　いまいち、基準がわからないので……」

「私は国でも有数の魔法使いよ。その私より、マルスの方が十倍以上は上ね」

「えっ!?　そんなに!?」

「それに威力も桁が違うわ。しかも、まだまだ伸びそうだし」

はぁ〜チートって実感があまりなかったけど……しっかりくれてたんだね。

天使さん、疑ってごめんなさい！　きちんとチートだったらしいです！

「とりあえず、一つだけ判明したわ」

「何ですか？」

「マルスの言うように、私が農地に水を撒いてみたんだけど……ものすごい魔力を持っていかれたわ」

「えっと？」

「つまり……イメージする度合いによって、消費量が増えるということね」

「えっと、俺は魔力があるからイメージ通りになった？」

「そう推測ができるわね。というわけで、マルス以外には厳しいわ。もちろん、下位互換は可能よ」

「そっかぁ……はぁ、働かないといけないってことですか」

「ふふ、もしくは弟子を育てることね」

「なるほど……ふむ、考えておきます」

するとと、シロが息を切らしてやってくる。

「し、師匠！」

「どうしたの？」

「あ、あの！　卵にヒビが……」

「うん？」

「ごめんなさい！」

「まあ、落ち着いて。とりあえず、行こうか」

はて？　一体何が起きたのだろうか？

十六話

俺がシロについていき厨房に入ると……卵が揺れている？

「あれ？　どういうこと？」

台座の上で、誰もいないのにグラグラと揺れている。

「ご、ごめんなさい！」

「えっ？」

「僕が不注意でぶつかっちゃって。そしたら、ヒビが入って……さっきは動いてなかったんですけど」

「ああ、そういうこと。いや、怒らないから平気だよ。誰にでも失敗はあるし」

「あ、ありがとうございます！」

「それよりも……」

その大きい卵に近づくと、中から微《かす》かに鳴き声が聞こえる。

「多分、生まれるね」

「ええっ!?」

「さて、どうしたもんか」

無精卵じゃなかったのは残念だった。

でもゲルバの雛《ひな》ってことは、飼育するチャンスかも。

「マ、マルス様！」

「へっ？」

次の瞬間——眩《まばゆ》い光が卵から溢れる！

「うわぁ!?」

「くっ!? 眩《まぶ》しい！」

そして、光が収まると……。

「あれ？ 卵が割れてる……でも、何もいない」

「マ、マルス様！ 頭の上です！」

「へっ？ そういや、なんか重たい気がする……」

「キュイ！」

「はい？」

「キュイキュイ！」

俺は頭の上に乗っているモノを、両手で持って……顔の前に持ってくる。

「……あれ？ なんで？」

俺が首をかしげると……。

「キュイ？」

この子も、同じように首をかしげる。

「これ、ゲルバじゃないよね？」

色が茶色くて、ダチョウのようなゲルバとは違い……。

この子は綺麗な青色だし、小さいけど羽もあるし、何故か頭には一本のツノがある。

さらに、しっかりと手と足もついてる……というか、これってどう見てもアレだよね。

「君――ドラゴンだね」

「キュイ！」

俺がそういうと、その子は笑顔になるのだった。

まあ、随分と表情が豊かなこと。

「ど、どうして、ドラゴンが？」

「いや、俺が聞きたいよ。たしかに、ゲルバが温めていた卵を持ってきたんだけど……」

「キュイー！」

「はいはい、わかったよ。君は元気がいいね」

つぶらな瞳で俺を見つめながら、しきりに顔を舐《な》めてくる。

きりがないので、無理矢理剝がして頭の上に乗せる。

「ほら、ここで大人しくしてて」

「キュイ！」

ひとまず、シロにはゲルバの解体と仕込みをお願いして、俺は自分の部屋に帰ることにする。

部屋に入ると、リンとライラ姉さんだけがいた。

ちなみにドラゴンは、俺の頭の上で寝ています。

可愛らしく、ぷーぷーと鼻を鳴らして……あざとい。

「マ、マルス様？」

「それ、どうしたの？」

「実はですね……」

起こったことを、ありのままに話す。

「わけがわからないわね」

「そうですね、何が起きたのか……」

「そうですよねー。俺にもさっぱりで」

「もっと詳しく聞かせてちょうだい。ゲルバと出会った時からね」

俺は再び、ありのままに話す。

「……確証は持てないけど、わかったかもしれないわ」

「流石は姉さん！」

「まあ、推測でしかないけど。貴方達、結構奥まで行ったのよね？」

「そうですね、ジェネラルオークが出るくらいには」

「うーん、たしかに。結局、一日中歩いてたし」

「そして、そのゲルバに番はいなかったのね？」

「そういや、倒した後も見かけてないや」

「ええ、そうですね」

「もしかしたら、間違えて卵を温めていたのでは？　オスはその習性があるっていうし」

なるほど……メスがいなかったのは、そもそもゲルバの卵じゃなかったってことか。

「あれ？　あのくらいに行くとドラゴンがいるってこと？」

「いや、そうとも言えないわね。そもそも、ドラゴンは高位の存在だわ。滅多に人前に現れることはないわね。ちょうど良い機会ね……少し、勉強会といきましょう」

「えぇ……」

「マルスゥゥ？」

「は、はいっ！　御指導御鞭撻《ごべんたつ》のほど、よろしくお願いします！」

「ふふ、任せなさい。実は現在の人類は、魔の森の一部しか把握してないのよ。凶悪な魔獣や魔物はもちろんのこと、国のゴタゴタや他国との争いなどが原因よ」

「いや、逆じゃないですか？　国のゴタゴタや他国との争いをしてしまったから、その間に人類は弱体化して……対抗できなくなったとか。それが獣人の奴隷化にも繋《つな》がったり」

「マルス、良い考えね。そうね、そっちの可能性もあるわ」

「ど、どうもです」

「ふふ、やっぱり頭の良い子だったのね。さて、次に高位魔獣について説明するわ」

高位魔獣とは、他の魔獣とは別格の存在である。

人語を理解し、個体によっては話すこともある。

ドラゴン、ケルベロス、ユニコーンなどがいるらしい。

それらの特徴は、とにかく強いこと。

むやみやたらに姿を現さないこと。

出会っても敵対しないこと。

魔の森の奥地に生息しているということ。

「へぇ、そうなんですね」

「まあ、ここ何十年かは姿を見た人もいないけど……とりあえず、そんな感じかしらね」

「じゃあ、返した方がいいですかね？」

「キュイ！」

「うわぁっ!?」

急に頭の上で暴れ出した！

ひとまず、腕で抱っこすると……大人しくなる。

「とりあえず……そのドラゴンは、マルスを親だと思っているわね」

「へっ？」

「最初に目に入ったモノを親だと思うらしいから」

「なるほど。でも、賢いのでは？　すぐに違うとわかりそうですけど」

「多分だけど……文献によると、ドラゴンの卵は魔力が餌らしいのよ」

「ふむふむ」

「貴方、抱きかかえていたっていうし……もしかしたら、無意識に吸い取られてたんじゃない？　それが孵化《ふか》を早めたのかもしれないわ。それこそ、農場と一緒でね。結果的に、貴方の魔力で孵化して、親だと思ってるのかも」

一応、辻褄《つじつま》は合うってことか。

「じゃあ、俺が育てるってことですかねー」

「そうなるわね。あと、多分だけど……女の子ね」

「キュイ？」

姉さんは抱きかかえて、何やら頷いている。

動物も飼ったことないし、子供もいたことないけど。

孵化させたからには責任を取らないとだよね。

「じゃあ、君の名前は瑠璃色に輝いているから——ルリちゃんだね」

「キュイー！」

「どうやら、気に入ってくれたみたいだね」

さて、マルス君はドラゴンの親になったそうです。

あっ——ちなみに料理用の卵は、他の冒険者達が見つけてきてくれたそう。

ほっと、一安心したマルス君なのでした。

十七話

ひとまずドラゴンに名前をつけたけど、色々とツッコミどころが満載である。

まずは、何から確認しようかな？

「えっと、君は何を食べるの？　というか、重たいんだけど……」

「キュイ！」

「それがわからないのよ。まあ、乗ってる様は可愛らしいけど……あら？」

急に頭が軽くなったと思ったら、ルリはパタパタと宙に浮いていた。

「どうやら、空を飛ぶタイプのドラゴンのようね」

「飛ばない奴もいるんですか？」

「ええ、もちろんよ。グリーンドラゴン、レッドドラゴン、ブルードラゴン、アースドラゴンがいるわね。グリーンとレッドは羽があって、その子に近いタイプね。ブルーとアースは羽がなくて地面にいるタイプね」

「あれ？　その言い方って……」

「そんな子、文献でも見たことないわ。頭にツノが生えているし……色も深い青色だわ。まあ、文献自体が少ないから何とも言えないけど」

どうやら、珍しいドラゴンさんのようです。

「キュイ？」

「君は何を食べるの？」

「キュイー！」

ルリは、俺の腰にある袋を尻尾でピシピシ叩く。

「うん？　……まさかね」

試しに魔石を差し出すと……。

「キュイー！」

嬉しそうに口に運び、飲み込んだ。

「ええっ⁉　へ、平気⁉」

「キュイキュイ！」

嬉しそうにはしゃいでいる……どうやら、平気みたいだね。

「まさか、魔石が餌？　これは面白いわね。マルス、色々と調べるわよ」

「か、解剖はダメだよ⁉」

「キュイ⁉」

「同じような顔をしないで。そんなことはしないわよ、少し弄《いじ》るだけよ？」

「ダメです！」

「キュイ！」

「むぅ……仕方ないわね。じゃあ、経過報告をしっかりしなさい。わかったわね？」

「まあ、それなら……」

「キュイ……」

「ふふ、本当に親子みたいね」

親子か……前世も含めて、親を知らない俺に育てられるかな？

でも、頑張ってみようかな。

親がいない寂しさは、誰よりも知っているし。

ひとまず、リンとルリを連れて、本来の目的を果たしに行く。

「あっ、師匠」

「どう？　準備はできてる？」

「はいっ！」

キッチンには、すでに解体されたゲルバの肉があった。

「さて、どうしようかな？」

米が美味しくないとはいえ、まずは親子丼かな。

あれなら汁があるし、今の米でも美味しく食べられるかも。

「では、親子丼というものを作ります！」

「おー！」

「キュイー！」

「はいはい、わかりましたよ。それで、何で親子丼なのですか？」

「ゲルバのもも肉と、ゲルバの卵を使うから親子ってことだね」

「なるほど、面白い名前ですね」

「師匠、どうやるんですかぁ？」

「えっと、たしか……」

当時の記憶を頼りに、手を動かしていく。

「まずは醤油、ゲルバの骨の出汁《だし》、砂糖、生姜を混ぜる」

「ふんふん、この辺は普通の煮込みでも使いますね！」

「うん、そうだね。ある意味では煮込みに近いし」

この世界の卵料理は基本的に焼くだけだ。

そもそも貴重品だし、試行錯誤するほどの数もなかったのだろう。

前の世界だって、鶏がいなかったら……今頃、どうなっていたか。

偉大な先人がいたから、安く普通に食べられたんだよね。

「それを鍋に入れて火にかけてと……シロ、玉ねぎをスライスしてくれる？」

「はいっ！　お任せください！」

「ありがとう。じゃあ、俺はもも肉を焼くかな」

そう、俺が作るのは普通の親子丼じゃない。

前の世界では親子丼をよく作っていた。

卵も鶏もも肉も安く、他の材料費も大してかからない。

しかし、どうしたって飽きはくる。

そんな時に、俺が作っていたのは……。

「おろしニンニクを鶏もも肉の両面に塗ってから、ひと口大に切って……それを焼く」

ジュワーという心地よい音と、ニンニクの食欲をそそる香りが鼻腔《びこう》をくすぐる。

「くぅー！　相変わらず良い匂いだね！」

「お、お腹すいてきました！」

「キュイ！」

「……まだですか？」

俺を除く、全員の尻尾がゆらゆら揺れている。

ふふふ、この香りには抗《あらが》えないよね！

「出汁の方は温まったら、玉ねぎを入れて……軽く煮る」

その間に卵を割って……。

「リン、重たいよぉ～」

「はいはい、やりますよ――ふんっ！」

的確にヒビを入れて、ボウルの中に卵を割り入れる。

「うぉぉぉ!!　すごい量だね！」

多分、鶏の卵十個分以上はある。

「でも、保存がきかないのがなぁ～。やっぱり、繁殖したいよね」

「そのための方法は浮かんでいるので？」

「うーん……まあ、一応ね。かなり無理矢理だけど。もう少ししたら実験開始する予定」

話しながらも、手は動いていて……。

玉ねぎがしんなりしてきたら、溶き卵を入れる。

「その間に、ご飯をよそって……ニンニク鶏を載せると」

その上から、半熟になった卵を載せる。

「これが——俺の親子丼です！」

普通なら鶏肉から出汁も出るから、玉ねぎと一緒に煮る。

でも、それだと飽きるから、焼いた肉に卵を載せる形にしたってわけさ。

「みんなも、是非試してみてねっ！」

「マルス様？」

「誰に言ってるんですかぁ？」

「まあ、気にしないで。さあ、どんどんやっていこー！」

「キュイキュイ！」

その後、試食会という名の夕食の時間である。

「マ、マルス様!?　その可愛らしい生き物は……？」

「うん、ドラゴンらしいよ。名前はルリちゃんです」

「だ、抱っこしても……？」

「キュイ？」

「ルリ、この可愛いお姉さんが抱っこしたいってさ」

「キュイ！」

俺の側から飛び立ち、シルクの腕の中に収まる。

……別に、少し良いなとか思ってませんけど？

「なんだなんだ、一体何があった？」

「ライル兄さん、よくわかってないんですけど……」

ヨルさんやマックスさんもいるので、全員に説明をする。

ひとまず、俺が育てるということで。

「で、では、私もお手伝いをしたいですわ！」

「シルク？　そんなに気に入った？」

「そ、それもありますが……予行演習に……ごにょごにょ」

「うん？」

「良いから食べようぜ！　さっきからたまんねえぜ！」

兄さんの言う通りで、みんなの視線は親子丼に釘付けである。

特に、リンの尻尾がゆらゆら揺れて止まらない。

「ふふふ、食べても良いよ？」

「い、いただきます！」

席についていて、みんなが一斉に食べ始める！

「うまっ!?　とまらねぇ……！」

「あらあら、上品な味わいの中にニンニクがきいていて……クセになるわ」

「マルス様！　おかわりは!?」

「リン!?　早いよ!?」

ひとまず、俺も食べる！

「くぅ〜！　これこれ！」

パンチのきいたニンニクに鶏の旨味！

甘さのある卵のまろやかな味わい！

この組み合わせが最高に美味いんだよね！

かき込むと、次々と口の中に吸い込まれていく！

「ふぅ……美味かった」

あっという間に食べ終わってしまう。

どうやら、みんなも同じ様子だ。

こういう丼ものって、つい流し込んじゃうよね〜。

まだ卵はあるし、次は何を作ろうかなぁ。

十八話

次の日、俺が寝ていると……息苦しさを感じる。

……く、苦しい？　な、なんだ？

「プハァ!?」

「キュイー！」

「……君かい、ルリ」

「キュルルー！」

「はいはい、おはよう」

一緒に寝ていたが、どうやら先に起きて退屈してたらしい。

そして、俺の顔に乗っかったと。

表情が豊かだからなのか、賢いからなのか……。

何となく、ルリの言っていることがわかる気がする。

「キュイ！」

「はいはい、魔石ね」

「パクッ……キュイー！」

「何とまあ、不思議なこと」

この子だけが特別なのか、それとも高位魔獣が特別なのか。

色々と調べてみないとね。

もしかしたら、面白いことがわかるかもしれないし。

朝ご飯を食べ終えたら、これからについて話し合いです。

ライラ姉さん、ライル兄さん、リンとシルクが集まる。

「マルスは何から始めたいの？」

「はいっ！　休みを要求します！　コッペパンじゃなくて美味しい米が食べたいです！　そして、ダラダラしたいです！」

「マルスゥゥ？　今は、そういう話をしているんじゃないわよ？」

「ヒィ!?」

「いや、良いんじゃねえか」

「ライルゥゥ？」

「ヒィ!?　ま、待て！　話を聞いてくれ！」

「……まあ、良いでしょう」

「兄さん！　ありがとう！」

どうやら、俺とライル兄さんが消し炭にならずに済みそうです。

兄さん、燃える時は一緒にね！

「へっ、調子の良い弟だ。まあ、しかし……こいつよ、少し働きすぎだぜ？　もちろん、今までが怠けすぎだったけどよ」

「なるほど、たしかにそうね。可愛いマルスを休ませてあげるのも大事よね。もっと、色々実験したかったけど……ひとまず、我慢するわ」

「ほっ……」

「たしかに。私達が来てから、もうすぐ一ヶ月が経ちますね」

「それは、マルス様にしては働きすぎですの」

「でしょ!? 休みが欲しいよぉ～！ ダラダラしたいよぉ～！」

「キュイキュイ！」

「じゃあ、良いわよ」

ヤッタァ！ 久々の休みだ！ あれ？ おかしくない？

俺はスローライフを目指しているのに……どこにいこうとしてるんだろう？

その時、俺の脳裏によぎったのは……。

まるで、はぐれメタ◯が逃げ出したばりに――スローライフが逃げていく音だった。

「い、いや！ まだいけるはず！ 俺は諦めないぞォォ!!!」

「キュイ――！」

「おおっ！ わかってくれるか！ よしよし！」

意外と柔らかい肌を撫でてあげる。

「キュキューン……」

「か、可愛いですの！」

シルクが寄ってきて、一緒に撫でる。

「シルクは、いいお母さんになりそうだね」

「な、何を言いますの!?」

「ヘブシッ!?」

思いきりど突かれて、俺は吹き飛ばされる！

「イテテ……」

「も、もう！　変なこと言うからですわ！」

「えぇ～……」

どうやら親にはなったけど、女心はさっぱりわからないようです。

「はいはい、仲が良いのはわかったから。じゃあ、南にある国セレナーデに行くと良いわ。こっちと違って、あっちは冬も終わってるし暖かいはずだから。その間の仕事は、私とライルがやっておくから」

「げげっ!?　俺も!?」

「アンタが言い出したんじゃない」

「そうだけどよぉ……」

「兄さん！　とっておきの料理を作りますから！」

「なに!?　……よし、良いだろう」

こうして、取引は成立したのでした！

ふぅ〜！　休みだ休みだァァ！

さて、そうなると……人選をどうするかですね。

ライル兄さんとライラ姉さんがいる中、仲間達を部屋に呼ぶ。

「はいっ！　休みたい人！」

「キュイー！」

「多分、マルス様だけですね」

みんなが頷いている。

「ダメだよ！　みんなワーカーホリックになっちゃうよ！」

「ワーカー……何ですの？」

「うーん……働きすぎて、それに慣れてしまうことかな。仕事をしなきゃっていう強迫観念に囚われるんだよね。それで、いずれ身体が悲鳴を上げていることに気づかずに——死んじゃうんだ」

「こ、怖いですぅぅ〜！」

「ぼ、僕も！」

「ふむ、奴隷仲間の中にもいたな」

「ああ、ベアの言う通りだぜ」

まあ、この辺りは元奴隷達ならわかるよね……皮肉なことに、俺もわかるし。

多分、直接的ではないとはいえ、死んだ一因だと思うし。

スローライフを目指して過労死とか……そんなの笑えないよ！

「まあ、そんなわけでメンバーを決めます」

「私はついていきますから。貴方をお守りする責務があるので」

「別に、たまには休んでも良いんだよ？」

「えっ――い、嫌です」

「はい？」

何やら、リンが落ち込んでる……どうしたんだろ？

「マルス様！」

「はいっ!?」

「リンについてきてほしいのかほしくないのか――どっちですの!?」

「シ、シルク様!?」

珍しいなぁ、リンがオロオロしている。

いや、この場合は懐かしいかも。

「へっ？　そりゃ……ついてきてほしいに決まってるけど？」

「そ、そうですか……ふふ、仕方ありませんね。さっさと、そういえば良いのに」

「そうならそうといえばいいですの！」

「……なんで、俺は責められてるの？」

「ははっ！　ボスは女の扱いには疎いらしい！」

「うむ、若さゆえのことだろう」

「……解《げ》せぬ」

その後、話し合いをして……俺とルリ、リンとシルク、そして護衛としてレオという面子《メンツ》に決まった。

米を手に入れたり、交易のためでもあるけど……半分以上は休暇ってわけだ。

ふふふ、これでダラダラできるぞぉ～！

……できるよね？　お願い！　ダラダラさせてぇぇ！

十九話

……あの子がねぇ。

休みだ休みだと、わちゃわちゃしてるマルスを見てると不思議な気持ちになる。

私の知るマルスは、いつだってダラダラしているような子だったから。

……たしか、気がついた時にはマルスはダラダラしてたわ。

いつも木の上で寝てたり、食堂でご飯をつまみ食いしてたり、時には街に出てフラフラしてたり。

私は、そんなマルスを……どう育てていいか迷っていた時期もあったわね。

今は亡き、母上の代わりに。

「マルス〜！　どこにいるのー!?」

「はいっ！　ライラ姉さん！」

「あら、また木の上にいたの？」

「うん、眠かったし」

「いや、寝すぎよ」

この子は、昔からよく寝る子ね。

まるで、それまでの日々は寝ていなかったかのように。

「だって眠いんですよ。これでは、勉強に身が入りません」

「いや、キリッとした顔してもダメよ？」

「えぇ～ダメですかぁ？　うぅー……ダラダラしたいです」

そう言い、私の腰にしがみついてくる。

……こ、困ったわね。

可愛いから、つい甘やかしてあげたくなっちゃうし。

「本当に、相変わらずね」

「これで良いんです。ロイス兄さんが国王になるし、ライル兄さんが右腕になったりするでしょ？

僕は邪魔しないようにダラダラしてます！」

「へぇ、そういう言い訳を使うってわけね？」

「ぎくっ!?　な、なんのことですかね？」

そう言って、わざとらしく口笛を吹く。

……もう！　可愛いじゃない！

「でも……いつまでも、それじゃダメよ？　とにかく、今から勉強するわよ」

「えぇ～」

「マ・ル・スゥ？」

「は、はひっ！　わきゃりましたから――ほっぺを引っ張らないでぇぇ～！」

……だいたい、いつもそんな感じだったわ。

それが今じゃ、なんだかんだで働いている。

それが、なんだか不思議よね。

私は一人部屋に残り、マルスとお話をする。

「マルス」

「ん？　どうしたの？」

「もう、ダラダラしなくて良いのかしら？」

「へっ？　ダラダラしますよ？　というか、今すぐにでもしたいです」

そう言い、何故かドヤ顔をしてくる。

それが、逆に可愛い。

「そこは変わらないのね。じゃあ、どういう心境の変化かしら？」

「うーん、別に俺自身変わったつもりはないですよ？　ただ、目の前で苦しんでいる人がいるのに、それを見て見ぬ振りをして……ダラダラはできないかなって。どうせなら、みんなでダラダラしたいです」

「……ふふ、たしかに変わらないわね。貴方は、昔から優しかったから」

「ううん、そんなことないですよ。王都にもいたけど、大したことしなかったから」

「そんなことないわ。リンを引き取ったこともそうだけど、奴隷をひどく扱わないように申し入れもしてたじゃない？」

「まあ、それくらいは。さて……俺も、明日の準備をしますね」

そう言い、頬をぽりぽりとかく。

この仕草は昔からで……照れてるのね。

ふふ、相変わらず可愛いわ。

「ええ、そうね。じゃあ、私は部屋に戻るわ」

久しぶりに会ったマルスは、なんだか変わった気がしていた。

魔法とか、知識とかそうだけど……なんというか、雰囲気そのものが。

でも、根っこの部分は変わってないみたい。

もしかしたら、成人したってことも関係あるのかしら？

まあ、でも……幾つになっても、私の可愛い弟ってことに違いはないわね。

二十話

念願の休みを取った翌日の朝、都市の入り口に集合する。

「ラビ、言っておいたことはわかりますわね？」

「はいっ！　もらった本で勉強します！」

「ええ、そうですわ。ですが、休むことも大事ですの」

「ふふ、私が見ておくから平気よ」

「ライラ様、よろしくお願いしましゅ！　……あぅぅ……」

ラビは姉さんを見てブルブルしている。

どうやら、恐怖心を植え付けてしまったらしい。

「大丈夫だよ、姉さんはライル兄さん以外には優しいから」

「ええ、そうよ」

「おい!?」

「は、はい！」

兄さんは無視（ひどい）して、俺もシロに伝える。

「シロ、メモは書いておいたから。ただ、休むことが優先だからね？」

「が、頑張ります！」

「だから、頑張っちゃダメなんだって……」

「うぅー……難しいです……」

「仕方ねえ、俺が見といてやる」

「ええ、お願いします」

最後に、ベアに話しかける。

「ベア、守りは頼んだよ」

「ああ、任せておけ。俺が、主人の大事なものを守ろう」

みんなを守る者として、ベアに留守番を任せる。

そして、俺達は馬車に乗って、バーバラを出発するのでした。

ふふふ、のんびりするぞぉぉ〜！

What's happened《ホワッツハプン》（何が起きたの!?）

何故か、人々に囲まれています。

「もうぅぅ〜！　いいですから！」

「キュイー!?」

「いえ！　そういうわけにはまいりません！」

「是非とも！　お願いします！」

「一泊でもいいですから！」

さっさと南の国に行きたいけど、道中の村々で引き止められてしまう。

どうやら、俺にお礼がしたいらしい。

ただ、まだ何もしたつもりはないので、少々バツが悪い。

税金云々《うんぬん》や、警備の強化、食料の配布などが上手くいってるのは良いけど。

「どうしよう？」

「いえ、ここは泊まりますの」

「シルク？」

「きっと、今頃バーバラから使者が向かっているはずですわ」

「ん？　どういうこと？」

すると、シルクがため息をつく。

し、しまった、何か間違ったらしい。

「マルス様、貴方は王子ですわ。その王子が半分休暇とはいえ、関所やセレナーデ国に通達はしないといけません」

「ふんふん。そっか、いきなり行ったら相手に迷惑だね」

「そういうことですわ。ただでさえ急に行きますから、それくらいはしないとまずいですの」

「……よく考えたらそうだね。シルク、本当に君がいて良かったよ」

「べ、別に大したことじゃないですわ……えへへ」

いや～ダメだなぁ……未《いま》だに自分が偉い立場ということに実感がない。

俺の行動次第では困る人がいるってことを考えないとね。

その後、泊まることになったのは良いけど……。

「マルス様！　ありがとうございます！」

「ありがとうございます！」

「おかげさまで生きていけます！」

「べ、別に良いですから！」

次々と村人達が、俺に挨拶をしてくる。

結局、夜遅くまで感謝の言葉を言われる羽目になってしまった。

……それが、どうにもむず痒い。

「はぁ……ありがたいけどさ」

「ふふ、マルス様は感謝されることに慣れていませんから」

「そうですね。ですが、我々はいつだって感謝してますから」

「ボス！　そうですぜ！」

「キュイ！」

「もちろん、私もですわよ？」

「……ありがとう、みんな」

まあ、俺とて……感謝されて嬉しくないわけがない。

やれやれ、そう簡単にダラダラはできそうにないね。

下手に村に行くと引き止められるので、次の日から野宿をする。

といっても、俺の魔法があるので快適そのものである。

リンとレオに見張りを頼んで、俺とシルクは椅子に座る。

「こういうのって難しいよね」

「どうしたんですの？」

焚《た》き火《び》を囲みつつ、シルクに話してみる。

ちなみに、ルリはシルクの膝で『すぴー』と寝息をたてています。

「うーんと……全部の村を回るわけにもいかないよね？」

「まあ、そうですわね。マルス様の身体はおひとつですから。それに、回るだけで何週間もかかってしまいますの」

「……うーん、解決方法は何かあるかなぁ？　移動距離の短縮ができれば良いのかな？」

「ふふ」

「シルク？」

「ご、ごめんなさい」

「何か変なこと言った？」

「いえ、結局は民のことを考えていらっしゃるので」

「……あっ——そうだった！　俺は休みだった！」

俺としたことが！　いつの間かワーカーホリックに⁉　由々しき事態です！

「でも、そういうマルス様は素敵だと思いますの」

「そ、そうかな？」

「はい、私の……す、好きな人は素敵ですわ」

「あ、ありがとう」

「い、いえ……あぅぅ」

シルクは見る見るうちに、耳まで真っ赤になっていく。

こ、これは……良い雰囲気なのでは!?　経験がない俺でもわかるよ！

えっと、肩くらいは抱き寄せても良いかな？

いや、しかし……殺されるかな？

俺が意を決して、肩でも抱こうかとすると……。

「マルス様？」

「キュイー？」

つぶらな瞳が四つ、俺を真っ直ぐに見つめている。

「い、いや！　なんでもないです！　ごめんなさい！」

「えっと……？」

「やれやれ、ヘタレですね」

「ボスはなっちゃいないですね」

いつの間にやら、二人が側に来ていた。

気配をまったく感じなかった……これが獣人族の力か！

「何という無駄使い！」

「……どういうことですの？」

「そうでしたね。シルク様は筋金入りの箱入りお嬢様でしたね」

「へい、そうみたいですぜ」

「これは、我々で何とかしないと……シルク様、少し良いですか？」

「はい？　え、ええ……」

シルクを呼び寄せ、リンは何やら耳打ちをしている。

「ボスも苦労しそうですぜ」

「うん？　そうなの？」

帰ってきたシルクの顔は、さっきよりも真っ赤になっていた。

本人には言わないけど、まるでゆでだこのように……。

そういや、港町っていうし、もしかしたらタコとかいるかな？

「マ、マルス様！」

「はい？」

「そういうのは……その、あの……まだ早いですの！」

「そっか、肩を抱き寄せるのもダメか……」

「ふえっ？」

「えっ？」

「はい？」

何やら、憐《あわ》れみの視線を向けられている……何故だ？

「……何、みんなして」

「も、もう！　リン！」

「わ、私は悪くありませんよ！」

「ハハッ！　シルクさんのが苦労しそうだ！」

「……解せぬ」

「キュイー！」

こうして、楽しい旅路は進んでいく。

二十一話

そこから数日をかけて、ようやく関所に到着する。

すると、銀色の鎧《よろい》を着た偉丈夫が現れる。

「いらっしゃいませ、貴方がマルス様でよろしいでしょうか？」

「はい、そうですね。初めまして、マルスといいます」

「ご丁寧にありがとうございます。私の名前はナイルと申しまして、この関所の隊長を務めております」

「ナイルさんですね。ここを通りたいのですが、良いですか？　あと、通達は来ていますか？」

「はい、もちろんでございます。ええ、早馬が来ましたので。ただ、急なことで関所の主人でもある領主様がご不在なのですが……」

「いえ、お気になさらずに。こっちも急でしたし、公務というわけでもないので」

「ありがとうございます。それでは、軽く検査を行わせていただきます」

その後、軽く検査を受けたら、関所を通過する。

そして、そこからさらに一日ほど移動して……ようやく港街アクアテーゼに到着する。

俺達は道中の店などには目もくれず、まずは高台の方に移動する。

「おおっ――！　着いたね！」

「ふわぁ……素敵ですの！」

「へぇ、これは壮観ですね」

「オレが、こんな景色を眺める日が来るなんて……」

俺達の目の前には、大海原が広がっている。

見渡す限りの海、雲一つない青空……。

「これがセレナーデ国の首都か」

こりゃ、戦争なんかしなくても良いわけだ。

通ってきたけど、うちよりは豊かだし。

やっぱり、海が近いっていうのは利点が多いよなぁ。

もちろん危険も多いけど、その分優秀な冒険者や兵士が育って、彼らが魔獣を狩って……その魔獣を元に、経済が回るんだろうね。

ひとまず冒険者ギルドに行って、道中で倒した魔獣や魔石を換金する。

幸い、お土産用に荷台は大きいのを用意したからたくさんの魔獣を運んでこれたため、そこそこの値段になった。

そして手続きを終わらせ、外に出ると……。

「すまないが、少しよろしいか？」

青い髪のナイスバディで綺麗なお姉さんが、俺に話しかけてきた。

後ろには護衛がずらっと並んでいる。

「俺ですか？」

「ええ、貴方がマルス殿でよろしいか？」

「えっ？　ええ……よくわかりましたね」

うわ～綺麗な人だなぁ。

騎士服を着て、カッコいい大人の女性って感じだ。

「むぅ……マルス様、デレデレしないでください」

「そうですよ、いくら綺麗だからって」

「えっ!?　し、してないよ!?　というか、よく俺だとわかりましたね？」

「マルス様、自分の容姿を自覚なさってください」

「そうですわ。漆黒の髪なんて、この世界にはマルス様くらいですの。しかも、そんなドラゴンを連れていますし」

そういやそうだった！

道理で視線を感じるとは思っていたけど。

黒髪黒目なんて、記憶を思い出した俺からしたら普通そのものだし。

「てっきり、シルクやリンが綺麗だから見られてるとばかり思ってたよ」

「なっ――――何を言いますの!?」

「な、な、何を言うのですか!?」

「ん？　何か変なこと言った？」

「ハハッ！　ボスは女の扱いが上手いのか下手なのかわかんねえな！」

「キュイ！」

　すると……。

「ふふ、愉快な方々のようだ」

「す、すみません……お名前を伺ってもよろしいですか？」

「これは失礼した。私の名は、セシリア＝セレナーデという。この国の第一王女だ。関所から知らせが届いていたので、こうして迎えに来させてもらったよ」

　えっ!?　王女様なの!?　こんなにカッコいい感じなのに。

「こ、これはご丁寧にありがとうございます。私はマルス＝フリージアといいます。慣れないことですので、失礼なこともあるかもしれませんが、ご容赦ください」

「ああ、構わない。私も堅苦しいのは嫌いでな」

「ほっ、それなら良かったです」

「では、ここからは普通にしてくれると助かる。私が偉そうな態度に見えてしまうのでな」

「わかりました」

　随分と男らしいというか……。

「くっころ！　とか言ってもらえませんか？」

「はい？」

「イテッ!?」

俺はすぐに、シルクとリンに叩かれる。

「す、す、すみません！」

「マ、マルス様は変わり者でして！」

「ご、ごめんなさい」

だって、すっごく似合いそうなんだもん。

如何《いか》にもな女騎士で、王女様とか……完璧じゃないか！

「ふふ、本当に愉快な方だ。ある意味で噂通りか」

「えっと……」

「いや、何も言うまい。私は自分の目で見たものしか信じないタチでな。その私から見て……とてもじゃないが、穀潰しとは思えない」

「それはどうも？」

「さて、立ち話もあれだな。ひとまず、ついてきてもらえるか？　城へと案内しよう」

「ええ、もちろんです。わざわざありがとうございます」

「なに、気にするな。私も興味があったのでな」

「へっ？」

「いや……さあ、行こうか」

そして、そのままセシリアさんの後をついていく。

ところで……なんで、シルクとリンは不機嫌なんだろう？

やはり、海沿いの都市だからか、高い位置に建物が多いようだ。

城は一番目立つように、高くそびえ立っている。

俺達が近づくと橋が下ろされ、そのまま城の中に案内される。

そして、とある扉の前に案内される。

「今回は非公式だから、普通の部屋に案内する。故に、そこまで硬くならなくて良い」

「はい、わかりました」

「しかし——奴隷はここで待機だな」

「オ、オレは！」

「レオ、抑えなさい」

「し、しかし、姐さん……」

やはり、そうなるか。

リンやレオには視線もやらなかったし。

もちろん、この女性が悪いわけではないが……嫌だなぁ。

「奴隷ではなければ？　——俺の大切な仲間です」

「マルス様……」

「ボス……」

「変わり者というのは本当だったか」

「ええ、そうですね。それを変わり者というなら——俺はそれで良い」

「……ハハッ！　愉快だ！」

……なんだ？　どういう意味だ？

「いや、すまない。なるほど……素晴らしい」

「へっ？」

「試したことを謝罪する」

そう言うと、しっかりと頭を下げてくる……レオやリンに向かって。

「い、いえ……」

「な、なんだ？」

「ふふ、噂を聞いていたのでな。では、入ろう。安心して良い、私が許可する。だが、流石に席にはつかないでもらえるか？」

「ええ、それくらいなら」

「すまんな」

よくわからないけど、悪い人ではないのかも。

ところで、道理で静かだと思っていたら。

「プスー……」

「ルリはよく寝るね」

「生まれたばかりですから」

「それについても、あとで聞かせてもらいたいところだ」

「ええ、別に良いですよ。といっても、俺もわかってませんけど」

セシリアさんが、扉を開けると……。

「来たか」

青髪でガタイのいい壮年の男性が、テーブルの奥に座っている。

どうやら、食事をする場所のようだ。

「父上、マルス殿をお連れしました」

「ご苦労だった、セシリア……よく似ているな」

「へっ？」

「其方《そち》の亡き母上と父上とは面識がある。さて、挨拶が先だな。余の名は、ヨハン＝セレナーデだ」

そりゃ、そうだよね……同じ国王だったわけだし。

「初めまして、ヨハン様。マルス＝フリージアと申します。そして申し訳ありません、私はほとんど覚えていないのです」

「仕方あるまい。其方は幼かったと聞く。さて、まずは歓迎しよう。席に座ると良い」

メイドさんが来て、俺とシルクのみが座る。

リンはルリを抱っこして、シルクの後ろに、レオは俺の後ろに立つ。

すると、国王様が手を叩く。

「食事を用意した、まずは」

「っ〜!!　うぉぉぉ!!」

「……なんだ？」

「す、すみません！」

手を叩いた瞬間、ガラガラと台車がやってきた。

そして、その皿に載っていたのは……寿司《すし》だァァア！

つまり、おそらくは——念願の米である！

二十二話

まさか、この世界で出会えるなんて。

そりゃ、期待してなかったわけじゃない。

港町っていうぐらいだし、あったら良いなって思ってたけど。

「マ、マルス様？　目が血走ってますわよ？」

「し、仕方ないんだ！　アレは俺の……文献で見たことあるんだ。すっごく、気になってたんだよね」

アブナイアブナイ……大好物だなんて言ったら、変に思われちゃう。

「ほう？　我が国の首都でしか食べられない物なのだが。まさか、他国に知っている者がいようとはな」

「父上、マルス殿は変わり者なのは事実のようです。しかし、私は個人的に気に入りました。先ほど、私に向かって啖呵《たんか》をきったほどです」

「ははっ！　青薔薇姫《あおばらひめ》と呼ばれるお前が気に入ったか！　まあ、変わり者同士ってことだ」

「えっと……」

そんなのはどうでも良いから、早く食べたいんだけど？

「おっと、すまん。では、食べるとしよう」

メイドさん達が、俺達の前に食事を置いていく。

「マ、マルス様？　こ、これ……生ですわ」

「うん、そういう食べ物だからね」

「やはり、そちらの国の者には厳しいか。いや、無理はしなくて良い」

「い、いいえ！　ここで退いてはセルリア家の名折れ！　食べさせていただきますの！」

「ほう？　かの有名なセルリア侯爵家の者か……うん？　もしや、オーレン殿の？」

「えっ？　は、はい、そうですが……何処かでお会いしたことがございますか？」

良いから！　話長いから！　俺に食べさせてぇぇ――!!

「父上、お話は後にしましょう」

「おっと、余の悪い癖だな。では――召し上がれ」

「いただきます！」

俺は素手で寿司を口の中に放り込む！

「っ〜!!　旨い！」

「ふえっ？　て、手摑みですの!?」

「ほう？　食べ方まで知っているとは……やりおる」

この仄《ほの》かな酸味……間違いなくお酢だ！

そして、何の魚かはわからないけど……サバに近い？　とにかく懐かしい！

「い、いきますの……はむっ……っ〜!!」

「痛い痛い!?」

隣にいるシルクが、俺の背中をバンバンと叩いてくる！

「す、酸っぱいですぅぅ……」

「くははっ！　すまぬな、説明もなしに。しかし、マルス殿は平気そうだな？」

「はい、俺はお酢を知ってますから。すっごく美味しいですが、何の魚ですか？」

「ギラーヌだな。獰猛《どうもう》な魔獣で、人一人くらいなら丸呑みできる」

こわっ！　そりゃ、そうか……あの広い海で生き残るための進化なのかも。

「なるほど……ところで、お酢はここにしかないのですか？」

「ああ、我が国の首都のみで生産されている。美味しいワインなんかもあるぞ？」

「それは、是非とも手に入れたいですね。特に——このお米を」

おそらく、俺が今まで食べてたのはインディカ米に近い。

しかし、これは……俺に馴染《なじ》みのあるジャポニカ米に近い。

つまり——俺の求めていたモノだァァァ！

「ふむ、そちらの国ではあまり食べられていないが。なるほどなるほど……しかし、この城で出る以上安いものではない。対価は必要だと思われるが、如何《いかが》だろうか？」

「それは後でお見せします」

「ほう？　随分と自信ありげな表情だ。では、楽しみにしてるとしよう」

その後、他の知ってる食事も出てきたが……。やっぱり、単純なものが多い。

魚の味噌汁や、醤油を使ったモノ、流石にワイン蒸しとかはあるみたい。

「……慣れると美味しいですわ」

「でしょ？　本来は、女性に人気があるものだったらしいから」

「ふむ、それは良かった」

その時――キュルルルーと可愛いらしい音が鳴る。

「……リン？」

「……申し訳ありません」

耳まで真っ赤になったリンが俯《うつむ》いている。

そりゃ、腹も減るよね。

うん？　俺があげる分には良いかも。

ひとまず、寿司を摑んで……。

「はい、アーン」

「へっ!?　い、いや、そんな……」

「ほら、食べてよ。気になって食事にならないしさ」

「そ、それでは……アーン……お、美味しいです」

まるでプシューという擬音が聞こえるほど、全身が赤くなっていく。

「後で、食事をしに行くから我慢してね」

「レオ、貴方もですの」

「あ、ありがとうございます」

ひとまず、これでよしと……ん？

何やら視線を感じるので見てみると……。

「……ほう」

「まずかったですか？」

「いや、良き関係だ。その優しさ、よく似ている。お主の父と母も、奴隷……自分より下の身分の者に優しかったのでな」

「そうですか……ありがとうございます」

「ふふ……父上同様、私もますます気に入った」

「ど、どうも」

「むぅ……」

あのぅ……シルクさんや？

痛いので、つねらないでください！

食事を終えたら、部屋を移動する。

俺とシルクはソファーに座り、二人と対面の形になる。

「まずはシルク嬢の父上……オーレン殿には、あちらに訪問した際に世話になった。最強の護衛を寄越すと、フリージア国王が手配してくれてな」

「なるほど、そういう経緯ですか」

「私は知りませんでしたの」

「無理もない、二人とも生まれる前だろう」

すると、目をキラキラさせたセシリアさんが身を乗り出してくる。

「それより、対価は何があるのだ？」

「ええ、少しお待ちください——これです」

ふふふ、出し惜しみはしない。

俺は必ず——米を手に入れる。

二十三話

さて、まずはこれだよね。

袋から魔石を取り出し、テーブルの上に置いていく。

「これは魔石？　しかし、こんなものでは……」

「セシリアよ、早計がすぎるな。して、効果は？」

「まずは、こちらがヒートの魔石ですね」

まずは、仄かに赤く染まった魔石を差し出す。

「ヒート……？　聞き覚えのない魔法であるな」

「父上、私が試しても!?」

「相変わらず好奇心が旺盛なことだ。ああ、お前に任せる」

「ありがとうございます。では……こ、これは!?」

セシリアさんが魔石を手に取ると、顔色が変わっていく。

ふふふ、やはりこちらにもないみたいだね。

「どうした？」

「これは火がついてないのに温かいです！　まるで、暖炉の前にいるような……」

「どれ……ほう？　いや、しかし……そうか、その手があったか。火ではなく、熱そのものを込めたと？」

まあ、答えがわかってさえいれば理解はできるよね。

それを思いついたり、実際に込めるのが大変ってだけで。

「ええ、そういうことです。それがあれば、寒い冬も越せますよ。こちらも暖かくなりましたが、まだまだ必要な場所はあるかと」

「ふむ、そうだな。ここは暖かいが、関所側には冷える場所はある」

「父上！　それだけではありません！　行軍する兵士や、夜間勤務する兵士達！　朝早くから港で働く者達など！　いくらでも使い道があります！　何より、火の番が必要ありません！」

さすが、第一王女様だね。

すぐにポンポンと案が出てくるね。

「ふむ……たしかに。これを其方が？」

「ええ、私が思いつきました」

少し心苦しいけど、ここは自分を高く売り込まないと……。

「なるほど……穀潰しというのはカモフラージュで、神童だったわけか」

「ふふ、本当に面白い」

「いえいえ、穀潰しには違いありませんから。あとは、こちらです」

次は、白色の魔石を取り出す。

「では、また私が……」

「いえ、それは危ないので……これ使っても良いですか？」

俺は、テーブルの上にあるフルーツを指差す。

「ああ、構わん」

「では――」

俺が魔力を送り込むと……フルーツが凍る。

「なっ!?」

「き、希少な氷魔法!?」

「ええ、そうです。これも、私の魔法を入れています」

「ハハッ！　とんだ麒麟児《きりんじ》ではないか！」

「限られた者しか使えない氷魔法を……しかもコントロールが難しく、中々魔石には封じられないというのに」

よしよし、掴みはオッケーかな。

おそらく、海が近いこの国は暖かい方だ。

つまり、それだけ氷魔法の使い手がいないと踏んだ。

そもそも、魔物が大量にいる森とは接していないので、魔石もそこまではないはず。

「これがあると……わかりますか？」

「ああ、もちろんだ」

「父上、もしこれが手に入れば……遠くの方に海産物を送ることができます！　この地でしか食べられず、消化しきれない食材を民に支給することが！　そして量が多くて腐らせてしまうものを凍らせ、非常食として使うことも！」

「そうだ。そして、もっといえば……他国との貿易にもなる。いや、日持ちするということは、贈り物にすらなり得る」

「それに暑い時期になったら、いくらでも有効活用があります！」

よしよし……やっぱり、為政者だけはあるね。

次々と考えが出てくる。

ここに来るまで、話すかは迷っていたけど……先ほどからの対応を見て、問題ないと判断した。

この人達は、まともな為政者だと思うし。

「さて、どうですかね？　これに、何も入れてない魔石もつけます」

「十分すぎるな――何が欲しい？」

「そうですね。海産物はもちろんですが、良いワインが欲しいのと……米もそうですが、米の元になるものが欲しいです。できれば、作り手の方も」

「ふむ……交流ということか？」

「ええ、そんな感じです。シルク、俺の権限でできるかな？」

それまで静かに見守っていたシルクに聞いてみる。

「ええ、問題ありませんわ。ですが、確認は取るべきかと」

「うん、もちろん」

「なるほど……」

「できれば流通整備をして、お金ではなく物々交換などができたらなと思ってます。こちらはただの魔石や、魔法を封じた魔石を。そちらからは、豊富な食材などを」

「父上、悪くない話かと。正直言って、今までは取り引きする物がありませんでしたが……」

「ああ、わかっている。あとは確認することだな。では、これからうちの文官達と話し合う。そちらから、誰か参加してもらえるか？」

そりゃ、そうだよね。

となると、うちからは……一人しかいないね。

シルクが一歩前に出て、綺麗にお辞儀をする。

「では、私が参加させていただきます」

「シルク、任せてもいいかな？」

「はい、もちろんですの」

「レオ、シルクを任せるよ？」

「へいっ！　お任せを！」

「オーレン殿の娘さんなら申し分ない。いやはや、有意義な時間だった。セシリア、お礼に街を案内して差し上げろ」

「はっ、父上」

よしよし……これが上手くいけば、辺境改革が進むはずだ。

いざとなれば、もっと色々提供しようかと思ったけど……下に見られても困るしなぁ。

「ところで、マルス殿は……うちの娘はどう思う？」

「へっ？」

「ち、父上!?」

「婿にでも来ないか？」

「……それは」

「「ダメです！」」

リンとシルクの声が重なる。

ついでに言うと、俺の両腕にしがみついている。

ちょっ!?　両腕が幸せに包まれてますけど!?

「ふむ、すでに二人いるのか。ましてやセルリア侯爵の娘さんか……仕方あるまい」

「父上、そもそもマルス殿に失礼です。私と彼は十歳近く離れているのですよ？」

「それもそうだが、下の子達は嫁に行ってしまったし……はぁ」

「そ、それより！　早く話を進めてください！」

「……そうだな」

そう言い、ヨハン様は肩を落として部屋を出ていった。

どうやら、どこの国にも色々あるようです。

だが、これで……念願の米が手に入るぞォォ!!!

二十四話

ひとまず、話し合いを終えた後、シルク達と別れる。

なので、俺は寝ているルリを抱えて、リンと一緒にセシリアさんについていく。

ちなみに、リンは立場を考えてか、ずっと黙ったままである。

というか、機嫌が悪い？　……気のせいかな？

「さて、せっかくの時間だ。何か質問はあるか？」

「そうですね……妹さんがいるんですか？」

「ああ、下に二人な。同じ母から生まれた、成人したばかりの末の妹は宰相の息子と。側室の子であり二十歳である次女は、フリージア王国と我が国の関所の守護を代々受け継ぐボレス侯爵家に嫁入りしている」

「なるほど、男の人がいないのですね」

それで、俺に婿に来ないかって聞いたのか。

「そういうことだな。といっても、問題はあるまい。下二人の子供の、誰かが継げば良いだけの話だ」

「へぇ、結構柔軟なんですね」

「先代国王である祖父は、婿に来たくらいだしな」

「なるほど、それなら問題はなさそうですね」

とりあえず、王族の中から優秀な者が王位を継ぐって感じなのかも。

「先ほどは父上がすまなかったな。誰であれ、こんな年増などもらっては迷惑だろうに。もう二十三歳になるしな」

「そうですか？　……お綺麗だし、いくらでもいると思いますよ？」

「ふふ、ありがとう。まあ、別に結婚などしなくても良いんだ」

「まあ、別に独身でも良いと思いますしね」

「おっ、マルス殿は話がわかるな。女ということで、周りがうるさくて敵《かな》わん」

まあ、前の世界では珍しいことじゃないし。

あとは、姐《あね》さん女房とかいるしね。

……ところで、どうしてリンは俺を睨《にら》んでいるのかな？

「キュイー……」

そのまま城を出て、街に行くと……。

「おっ、起きたかな？」

「キュー」

俺の腕の中で、可愛らしく欠伸をしている。

なに!?　うちの子可愛いんですけど！

「キュイー！」

「はいはい、お腹が減ったのね……ほれ」

「キュイ！」

小さい魔石を与えてやると、ごくんと飲み込む。

「なっ!?」

「驚きますよね？」

「あ、ああ……ドラゴンとは魔石を食べるのか？」

「俺もよくわからないですけどね。随分前に人々の前から姿を消したらしいので」

「ああ、ドラゴンに関してはそうらしいな。しかし、もしや……高位魔獣と呼ばれるモノは、魔石を主食とするのか？」

「キュイ？」

「はは、お前にもわかんないよね」

それは、俺も考えたんだよね……ただ、その理由がわからない。

「これから、色々調べていくところなんですよ」

「そうか……面白いな、マルス殿は。まるで、びっくり箱のようだ」

「よく言われます」

「ははっ！　そうであろうな！」

気持ちの良い女性みたいだね。

それに、なんだか誰かに似ていて話しやすいなぁ……うーん、誰だろう？

ちなみに、ルリは再びお寝んねのようです。

子供は寝るのが仕事っていうのは、どの生き物でも変わらないようです。

その後、街を案内してもらったが……やはり海の幸が豊富のようで、あちこちの店で見たことない魚？が並んでいる。

どでかい貝や、海老《えび》らしきもの、とにかく様々なものがある。

「むぅ……買いたいものが多すぎる」

「そうだろう？　どれも獲《と》れたてのものばかりだ」

こういう時、アイテムボックスとかあればなぁ……まあ、人生はそんなに甘くないよね。

「ところで……そんなに警戒しないでくれ」

「へっ？」

「……してません」

「何を言うか。私を恋敵のように睨んでおるではないか」

「し、してません！」

「リン？」

振り返ると、リンは明らかに動揺している。

「ち、違いますから！　わ、私は、シルク様の代わりにマルス様を女性からお守りしないと……そ、それだけです」

「ふむ……マルス殿は、良き従者を持っているな」

「はい、俺にはもったいない女性です」

「あぅぅ……」

「あれ？　どうして赤くなってるの？」

「……愉快なことだ」

その後、リンのために店に入る。

「リンは何が食べたい？」

「えっと……」

俺とリンが並んでメニューを見ていると……。

「本当に、獣人と普通に接するのだな？」

「ええ、俺にとっては人族と変わりありません。良い奴もいれば、悪い奴もいますけどね」

「……変わり者と言われるわけだ」

「でも、貴女からも嫌悪感は感じないですよ？」

「ああ、私自身は特には気にしない。要は使えるか使えないかだ。人族だろうが、獣人だろうがな。あとは、その環境に甘えていない者には好感が持てる。先ほどの獅子族といい、そこのリンという女といい……いつでも、マルス殿を守れる姿勢をとっている。それは私にとっては好ましく映る」

……なるほど、そういう考え方か。

でも、悪いことじゃないよね。

種族ではなくて、その人個人を見てるってことだ。

「むぅ……」

「リン？」

「だから、そんな怖い顔をするな」

「ですが、マルス様は歳上《としうえ》に弱いですから」

「うん？」

「ほう？　そうなのか？」

どうだろ？　いや、お姉さんタイプは好きだったけど……。

「魅力的だとは思います」

「ふふ、そうか……今晩、私の部屋に来るか？」

「へっ？」

「ダ、ダメです！」

「ふふ、冗談さ」

そういい、華麗にウインクをしてくる。
ド、ドキッとしたァァ！　これが歳上の魅力ってやつか！
そういや、俺……前世では歳上好きだったなぁ。

その後、串焼きが運ばれてくる。

その香ばしい香りに、お腹いっぱいだったはずなのに……。

「俺にも一口ちょうだい」

「ハイハイ、そう言うと思ってましたよ」

リンが持つ串に齧り付き……。

「美味ぃ！」

「もぐもぐ……美味しいですね」

弾力のある歯ごたえと、噛めば噛むほどに旨味を感じる！

醤油との相性も抜群で、クセになる味わいだ！

これ、間違いなくライル兄さんが好きなやつだ。

いわゆる、酒のあてってやつ……飲まない俺ですら、飲みたくなってきたし。

「これは貝ですか？」

「ああ、砂浜に打ち上げられたりする。あとは、素潜りして獲ったりな」

「獲ったどーですね！」

「はい？」

「すみません、気にしないであげてください」

「あ、ああ……不思議な男だな」

だって、アラフォー男子なら一度は言ってみたいじゃん！

ちなみに、お土産に海老らしきものと貝は買っておきました。

インディカ米と合わせて、パエリアなんかも良いよね……でも、それよりも。

ふふふ、帰ったら海老フライや貝の味噌汁を食べるぞォォ!!!

二十五話

その後、お腹がいっぱいになったあと、最後に海の方に向かう。

「流石は港町だなぁ」

「すごいですね……改めて、ありがとうございます」

「ん？　どうしたの？」

「いえ、マルス様のおかげで楽しいことばかりなので。こんな景色が見られるとは思ってなかったです」

「そんなことないよ、俺の方が楽しいし。これからも、色々なところに行こうよ」

「……はいっ」

俺も改めて、高さ十メートル以上ある防波堤の上から海を眺める。

ここに来る前に確認したが、街全体を包み込んでいるかのようだ。

その前には砂浜が広がっていて、海までは距離がある。

「いや、それでも度々補修作業を行っている。傷がついたり、穴が空いてしまったこともあるからな」

「へぇ、波がこの距離まで来るんですか？」

「ああ、時期によってはな。もちろん、漁のチャンスでもあるが。しかし、海にいる魔物が邪魔をしてくる。だから、いうほど豊富に獲れるわけでもない」

「なるほど、近くまで獲物が来るってことですね。魔物ってどんなのがいるんですか？」

「一番多いのがマーマンだ。人間に近い体形で、屈強な身体と槍を持ち、海にいる小さい魔獣を喰《く》い散《ち》らかす。そして度々現れ、この首都を攻めてくる」

マーマン……そんなのがいたら大きい船なんて無理だね。

きっと、すぐに沈んじゃうし。

「魚はどうやって獲るんです？」

「網を仕掛けたものを、小さい船で獣人達に取りに行かせたり……冒険者や兵士達が、海に潜って獲ったりするな」

「なるほど、危険な仕事ですね」

「ああ、それ故に報酬は高いが……犠牲者も多い。なんとかしたいところだが、難しいところだ」

「そうですね、俺も似たようなことで悩んでます。そんなに危険だと、海水浴もできないですね」

「そうだな。昔は水着を着て、海水浴などを楽しんでいたのだが……」

「……今、なんと言いました？」

今、俺の耳に慣れ親しんだ言語が聞こえた気がする。

「ん？　だから、海水浴を……」

「そうではなくて！　今、水着と言いました!?　ここには水着があるのですか!?」

「あ、ああ、ここにはある。というか、水着を知っているのか？」

「えっと……男性はパンツをはいて、女性は胸とお尻周りを隠して、それ以外は素肌を晒《さら》す格好ですよね？」

「な、な、なんですか⁉　その破廉恥な格好は⁉　あるわけないですよ！」

「いや、合っている。今でも、水着は作っているぞ。洋服では潜れないから、素潜りには必要だったりするからな」

「おおっ！　それは良いことを聞きました！」

シルクやリンの水着姿を見られるかもしれない！

これは読者サービス到来の予感だね！

「き、着ませんからね⁉」

「残念だが、今は無理だな。近年、とある大型魔獣達が……」

「マルス様！　何か海の様子が変です！」

「……ん？　ほんとだ」

今、海が盛り上がって見えたような……。

「マルス様！　何か海から出てきます！」

「まずい！　避難してくれ！」

次の瞬間——蛇のような生き物とイカのような生き物が海の中から出現する。

「くっ⁉　シーサーペントとクラーケンか！」

「うわぁ……！　すごいや！」

まるで怪獣映画のようだね！

この位置からでも、目視できるってことは……何十メートルあるんだろう？

「ちょっ!?　マルス様!?」

「えっ？　――うわぁ!?」

俺は思わず前に出ていたらしく、手すりを超えて高台から落っこちる！

ま、まずい！　上手く着地しないと！

「風よ！」

真下に風魔法を撃ち、勢いを減速させると……。

「あれ？　落下しない？」

「キュイー！」

「ルリ!?」

「キュ、キュイー！」

なんと、ルリが俺の腕を掴んで飛んでいる！

でも、流石に支えきれないのか……プルプルしている。

「ルリ！　無理しなくて良いから！」

「キュイー!!」

まるで、嫌だと言っているかのようだ。

すると……。

「まったく、相変わらず世話の焼ける方ですね」

「リン！」

リンが飛び降りてきて、俺ごと摑まえて……地上に降りる。

「ふぅ……危ないところでした」

「ごめんね。二人とも、ありがとう」

「キュイキュイ！」

「ふふ、やっぱり私がいないとダメですね」

「そりゃ、もぢろん。リンには、俺の側にいてもらわないと」

すると、上から声が聞こえる。

「平気か!?」

「はい！　平気です！」

「そこからはすぐには上がれない！　右方向に階段がある！　急げ——津波が来る！」

「津波……？」

「マルス様！　あれを！」

リンが指差す方向を見ると、怪獣達が激突している。

「……そういうことか！」

二体が暴れることによって、波が荒れ狂い……それにより、津波が押し寄せてくる。

「キュイ!?」

「げげっ!?」

「マルス様！　失礼します！」

再び俺を抱えて――リンが垂直の壁に向かって走り出す。

「ちょっ!?　……えぇ――!?」

なんと、ほぼ垂直の壁をリンが駆け上がっていく！

そして、元の位置に戻ってくる。

「な、なんと……もしや、ただの犬族ではない？」

「リンは炎狐族なんですよ」

「……かの最強種か。それならば、納得もいく」

「リン、ありがとね」

「キュイ！」

「いえ、それが私の使命ですから」

頬をぽりぽりかきながら、照れくさそうにしている。

「ふふ、良き関係だ」

「それより、平気ですか？」

「ああ、避難勧告はすでに出ている」

「それなら良かった。あれ？　ルリ？」

「プス〜……ピスー」

あらら……寝ちゃったよ。

そっか、俺のために体力を使ったんだね。

「ふふ、可愛いものだな。では、私達も行くとしよう」

「はい、俺達も避難……リン？」

リンが、俺の洋服を摑む。

「……あの波、ここを超えませんか？」

「なに!?　どういうことだ!?」

「リンの目は、俺達なんかより数倍上です。しかも、普通の獣人とは違います。リン、たしかなんだね？」

今はまだ遠くて、俺にはわからない。

「……超えます――確実に」

「なんということだ！　わかった！　すぐに通達を出す！　ちなみに海水浴ができない原因は奴らだっ！　あんなのがいては、安全が確保できない！」

そう言い、セシリアさんは駆け出していった。

良い人だね……獣人であるリンの言葉を信じてくれた。

「リン、この国は素敵だね」

「ええ、奴隷……といっても、無下には扱っていない印象を受けます。もちろん、国王陛下のお膝元だからかもしれないですが」

「うん、他では違うだろうね。さて――守らないとね。ここには、シルクやレオもいるし」

「そう言うと思ってましたよ」

「何より……許せないよね」

「はい？」

「この街には米とお酢があるからね」

「……ふふ、それでこそマルス様です」

「あと、大事なことを言ってたよね？　奴らがいるから、海水浴ができないって。だったら――消えてもらおうか」

津波だか、クラーケンだがシーサーペントだが知らないけど……。

俺の米と、シルク達の水着姿を奪うつもりなら――覚悟してもらうよ？

二十六話

さて、まずはどうしようか？

「そうだな……ククク、奴らには寿司ネタにでもなってもらうか」

「マルス様？　口調が変わってますが……」

「リン、戦争だ。俺から念願の米を奪う奴は――許さない。あと、水着姿が見たいです」

「はぁ……よくわかりませんが、本気なのはわかりましたよ。あと、水着は着ません」

「ええっ!?　シ、シルクもダメかな？」

「ダメに決まって……　いや、どうでしょう？　マルス様が見たいっていえば……と、とにかく、まずは津波ですよ」

「そうだね。まずは、津波をどうにかしないと」

俺は徐々に近づいてくる津波を眺めて……。

「よし、決まった。リン、ルリを頼んだよ」

「ええ、お任せを。お二人とも、守ってみせます」

「心強いね……よし、集中しますか」

ルリを手渡したら、高台の上で目を閉じて……精神を集中する。

生き物じゃないから手加減はいらない、一滴たりともこぼさないように。

すると、セシリアさんが戻ってくる。

「何をしている⁉」

「セシリアさん、避難は？」

「もう済んだ！　この街では高台への避難訓練は常にしている！　家や物は直せば良い！　しかし――人は死んだら戻ってこない！」

へぇ……やっぱり、良い人だね。

わざわざ、俺達を心配して来てくれたし。

「マルス様！　一気に来ます！」

俺が目を開けると、ものすごいスピードで波が迫ってきていた。

「くっ⁉　間に合わんか⁉」

「大丈夫です！　俺の魔力を好きなだけ持っていけ！　アースウォール‼」

両手を地面について、無尽蔵に魔力を込めていく。

「なっ――⁉」

「あ、相変わらず恐ろしいですね……」

ズガガガ！という轟音とともに、横一列に土の壁を展開する。

「ば、バカな⁉　高さ……上が見えん！」

「多分、二十メートルってところですね」

そして次の瞬間――ものすごい衝撃音が鳴り響く！

「くっ⁉　やはり無理だ！　人は自然には勝てない！」

「マルス様！　ヒビが！」

「平気だよ！　追加だ――俺は水着姿が見たいんじゃァァァ《アースウォール》！」

魔力を送り続け、補修と強化を繰り返す！

どれくらい経っただろうか……五分くらいか？

「お、おさまった？」

「マルス様、少々お待ちください……平気です！　もう波は引いてます！」

俺はひとまず、慎重に魔法を解除していく。

「うん、平気そうだね」

「な、なんと……これを人が？　マルス殿、其方は一体？」

「ただの、米が食べたいだけの穀潰しですよー。あと――水着が見たいです」

「いや、キリッとした顔で言うことじゃないですからね？」

「えぇ～良いじゃん」

水着が見られるなら、俺は何でもするよ！

あっ、違った！　米を食べるためなら何でもするよ！

「ははっ！　これだけのことをやって威張りもしないとは……益々《ますます》面白い」

「でも、問題はここからですね」

「あいつら、まだ戦ってます」

「セシリアさん、奴らの強さは？」

「……詳しいことはわからん。何せ、あの位置まで行くことがない。あいつらも来ることができない。ただ近海の制海権を握ってる二体なのはたしかだ。それぞれ縄張りがあり、普段は出会うことがないはずなのだが……どうしたことか」

……そりゃ、そうか。

あんなのがいたら漁どころじゃないよね。

「倒してもいいですか？　生態系に影響しますか？」

「何!?　……いや、平気なはずだ。むしろ、奴らがいることで年々獲れるものが減っているくらいだ。奴らこそが、生態系を破壊している。そして、海水浴もだ」

「なるほど、それなら平気ですね」

「し、しかし、どうやって？　あの位置まで移動するのは無理だ」

すると……。

「ボスッ！　姐さん！」

「マルス様！　リン！」

二人が、こちらに駆けてくる。

「やあ、二人とも」

「も、もう！　びっくりさせないでください！　避難してないって聞いて……」

「ご、ごめんなさい」

「うぅ……心配しましたの」

「わ、悪かったから！　泣かないで⁉」

ど、どうしよう？　これじゃ、行きづらいなぁ……。

「グスッ……でも、行くんですすわよね？」

「えっ？　うん、そのつもり――シルクの水着姿を見るために」

「ふえっ⁉　ど、どういうことですの⁉」

「シルク様、無視して良いですからね」

「あっ、違った。この街を守るためにね」

「いや、今更ドヤ顔しても……流石に無理があると思いますが？」

「とにかく！　俺は彼奴《あいつ》らを倒します！」

「そ、そうですか……あの危険そうな魔物と……」

すると、何故かシルクの顔が赤くなっていく。

「おや……レオ、セシリア様、少しこちらへ」

「へい！」

「ふむ」

しまいには、リンが二人を連れて遠くに行く。

はて？　なんだろ？

「えっと、その……目をつぶってくださいますか？」

「へっ？　なんで？」

「もう！　こういう時は黙って従うのが礼儀ですわ！」

「は、はいっ！」

「まったく！　マルス様ってば、ちっとも察してくれませんの」

「ご、ごめんなさい！」

よくわからないが、シルクを怒らせちゃいけない。

大人しく、俺が目をつぶると……何か、柔らかいモノが頬に触れる。

「へっ？　えっ？　今のは……」

「お、おまじないですの。戦いに行くお父様に、お母様がしてましたの……あぅぅ」

……ほっぺにチューだァアア！　しかもツンからのデレがキタァアァ!!

「ククク……フハハッ！」

「マ、マルス様？」

諸君！　ほっぺにチューごときで何をと言うかもしれない！

しかぁし！　ツンツンな可愛い女の子からのほっぺにチューは——素晴らしい!!

そもそも……俺、前世も含めてそれすら経験ないし——スン。

「グスッ……」

「ど、どうして泣くんですの!?」

「いや、嬉しくてさ」

「そ、そうですの？　帰ってきたら、その……もう一回して差し上げますわよ？　あと、よくわからないですけど……水着ですか？　それもやりますの」

「……ナニ？」

「だ、だから……無事に帰ってきてくださいね！」

そう言うシルクの顔は真っ赤に染まっている。

これでやる気を出さなかったら――男じゃないよねっ！

「水着ダァァァァ！　レオ！　ついてこい！」

「へい！」

「リン！」

「はっ、ここに」

二人が側に来る。

「奴らを駆逐する」

「ほ、本気ですね……シルク様、絶対に意味わかってないですけど」

「それは後。シルク、ルリをよろしくね」

「えっと……？　はい、お気をつけて」

「彼女は私が責任持って守ろう」

「ありがとうございます。あと、船と人手を大勢用意しといてください」

「なに？　……わかった」

「レオ、俺をおんぶしてくれ」

「へい！　どうぞ！」

レオがおんぶした形で、砂浜に降り立ち……。

「そのままダッシュしてくれ」

「へっ？　う、海っすよ？」

「俺を信じて、先頭を走ってくれ」

「へ、へいっ！」

リンが砂浜を駆けていき、レオがついていく。

そして海に入る手前で、氷魔法を発動。

「凍れ」

海に、一本の氷の道を作る。

「おおっ!?」

「レオ！　走らずに滑るのです！」

「な、なるほど！」

獣人である二人は器用に滑って、どんどん加速していく。

そして……ものの数分で、奴らを捉える。

「グギャァァァ――!!」

「クシャャャ――!!」

絡み合うように、奴らは争っている。

「で、でけぇ……」

「軽く十メートル以上はありますね」

「関係ないよ……風穴をあけろ——エアリアルブロークン《風の爆弾》」

緑色の大きな玉が、シーサーペントに吸い込まれ——爆発する！

「グギャアァ!?　……ガ、ガ……」

奴の首に穴があいて——死に絶える。

オリジナル魔法、空気を凝縮させた風の爆弾だ。

「い、一撃!?」

「マルス様！　クラーケンが！」

「防げる!?」

「ふふ——もちろんです！」

クラーケンの脚が迫るが……。

「クシャヤヤ！」

「舐めるなっ！」

リンが居合いを使うと、脚が宙に舞う。

だが、次々と脚が襲ってくる。

「ボスッ！　流石の姐さんでも足場が悪いっす！」

「わかってるよ……よし」

再び、魔力を溜め――。

「荒れ狂う風よ全てを切り刻め――トルネイド！」

大竜巻が、クラーケンを包み込む！

「クシャヤヤ!?」

「な、何という威力……」

「あの大きさを包み込んでますぜ」

「これで、あとは放っておけば……終わったみたいだね」

段々と静かになっていき、クラーケンが海に倒れ込む。

ふふふ、俺の邪魔をするからさ。

だが、安心したまえ――君達は美味しくいただくからねっ！

二十七話

その後、倒したのは良いが……少し冷静になった。

というより、ちょっとはしゃぎすぎちゃったなぁ。

「さて、このでかいのをどうしよう？　俺の魔法じゃ、移動はさせられないよね」

こういう時、浮遊させたりできないのか？

というか、魔法で空とか飛べないし。

まあ、あの天使は言ってたよね。

それまでの異世界人がやりすぎだったたって。

だから、チートとはいえ色々と制限があるのかも。

「マルス様、早く戻りましょう」

「へい、危ないっす。すぐにでも魔物や魔獣が寄ってきますぜ？」

「いや、でもこいつらを……はい？」

レオがクラーケンを、リンがシーサーペントをそれぞれ引っ張っている。

どう考えても無理なのだが、これが闘気の力ってやつなのかも？

もしかして強くなった獣人って……俺より、よっぽどチートじゃないか？

でも、それで良いのかも。

俺は、彼らと助け合って生きていけば良いんだよね！

ひとまず、来た道を戻っていくと……。

「マルス様！　あれを！」

リンの視線を追うと……何やら、半魚人のような醜い生き物が泳いでくる。

「なるほど、あれがマーマンね。奴らか、俺の海水浴イベントを邪魔する奴は」

「どうしやす？」

「そんなの当たり前だよ――万死に値する」

風魔法を放ち、近づく前に処理していく。

「あっちからも！」

「こっちもですぜ！」

「何人《なんぴと》たりとも、俺の邪魔はさせないぃ――氷の散弾《アイスショットガン》」

両手の指先から、氷の弾丸を撒き散らす！

「グゲエエ!?」

「グゴォォ!?」

醜い声を上げ、マーマンどもが魔石と化していく。

むむ、魔石はもったいないなぁ……ルリが頑張ったからご褒美あげたいし。

すると、こちらに小舟がたくさんやってくる。

「マルス殿！」

「ちょうど良かった！　セシリアさん！　魔石を集めてください！　ここで、こいつらの数を減らします！　そしたら海水浴ができますか!?」

「なんと心強い！　ああ！　できるとも！　皆の者、安心して海に潜るといい！」

「「「オォォォ――――！　マルス様万歳!!」」」

うん？　なんか、みんなの目つきが違う……やっぱり、海水浴がしたいんだね！

その後、俺は迫りくるマーマンどもを駆逐していく。

そして、十五分くらいで……それが収まる。

「これでよしと」

「な、何ということだ。あれだけいたマーマンが見当たらない」

「セシリアさん、早く帰りましょう！」

「あ、ああ……」

ふふふ、どんな味がするのかなぁ～。

あと、これで海水浴が楽しめるぞ～。

俺は気分良く、浜辺へと戻るのだった。

すると……何やら人だかりができていて、その先頭では国王様が待っていた。

「あのぅ……どうしたんですか？」

「皆の者！　英雄に感謝の言葉を！」

「へっ？」

次の瞬間、次々と言葉が飛んでくる。

「ありがとうございます！」

「これで安全に漁ができます！」

「まさか、あれを倒せる人間がいるなんて！」

「マルス様！　是非とも我が国に！」

あれー？　俺はただ、自分の望みのためにやったんだけど……。

「マルス殿、余からも感謝する」

「い、いえ！　頭を上げてください！」

「いや、これはそれだけ重要ということだ。長年、奴らには苦しめられてきた。何千人という犠牲者、そして収獲量にどれだけ影響を及ぼしたか……何より、あの津波が来ていたらどうなっていたか……ありがとう、マルス殿――其方はこの国の英雄だ」

なんか、話がでかくなってるよぉ〜!?

「いえ。俺はただ、自分の成すべきことを果たしただけですよ」

そう、寿司が食べたいというね！　あと、海水浴もしたい！

「何と……傲慢さのかけらもない。真なる英雄とは、こういうものなのだな」

「はい？」

「いや、もう何も言うまい。マルス殿、何か望みはあるか？　余にできることなら、何でも叶《かな》えようぞ」

なんだって!?　うーむ……いや、初志貫徹だね。

ひとまず、自分の欲望は置いておかないと。

「では、予定通りに我が国との流通整備を進めましょう。そして、交流会を行いたいと思います。でも、とりあえず――宴にしません？」

「……ハハッ！　聞いたか皆の者！　英雄のお言葉だ！　すぐに宴の準備を進めよ！」

「「「オオオォォォ――――！」」」

大地を揺るがすほどの歓声が上がる。

そして、人々がすぐに行動を開始していく。

「さて、余は指揮を執るとしよう。このお礼は、あとで必ず果たす」

「父上！　私も手伝います！」

「うむ、ついてくるが良い。マルス殿は、ここにて待っているといい」

そして、二人も去っていく。

入れ替わりに、ルリを抱えたシルクが駆け寄ってくる。

「マルス様！　すごいですの！」

「ん？」

「長年、この国との関係に我が国は悩んでおりましたわ！」

「そうなの？」

「ええっ！　昔のように交流がしたいですが、我が国から差し出すものがないと！　次第に関係性は薄れていってしまい、今のような状況になってしまったのです！」

なるほど……たしかに、こちら側に得るものがないって話だったね。

「しかし、これで状況は一変いたしますの！　マルス様のご活躍によって！」

「そ、そう……」

「こうしてはいられません！　レオ殿、護衛をお願いしますの！　宴には時間がかかるので、今すぐに打ち合わせをしますわ！」

「へ、へいっ！」

そして、二人もその場から去っていく。

「……ねえ、リン」

「はい、何でしょう？」

「俺はただ……自分の欲望のためだったんだけど？」

「ふふ、マルス様らしいじゃないですか」

「あと、ほっぺにチューしてもらってないし」

「ププッ!?　あ、相変わらずですね……」

むぅ……なんだか、釈然としない。

俺は、俺の好きなようにしただけなのに。

すると——突然、柔らかなモノが頬に触れる。

「へっ？　……リン!?」

「わ、私からご褒美です……不満ですか？」

「い、いえ！　御馳走《ごちそう》さまです！」

「何ですか、その返事は」

リンは尻尾を揺らしつつ、少し頬を赤らめている。

クールからのデレがキタァァ!!

まあ良いか！　今日は良い日だね！

待っている間、することがない。

なので俺は、砂浜に寝転がりつつ、綺麗な夕日を眺める。

何を作るか考えながら……すると、次第に意識が遠のいていく。

二十八話

……ん？　誰かに揺すられてる？

「ふぁ……リン？」

目を開けると、ルリを抱えるリンの姿がある。

どうやら、いつの間にか寝ていたらしい。

「マルス様、おはようございます。お疲れでしょうけど、セシリア様が来ましたよ」

「おっ、そうか……よいしょっと」

残念だが、膝枕は終わりのようです。

リンのお胸さんは、下から見上げると素晴らしい景色……ゲフンゲフン！

「マルス殿。すまぬ、待たせたな」

「いえいえ、全然ですよー」

「それでは、ご案内しよう」

「ええ、お願いします」

まあ、ちょうどお腹も減ってきたしね。

そのまま、ついていくと……噴水がある広場にて、屋台が並んでいる。

「おおっ！　良い匂いですね！」

そこら中から、香ばしい香りがしてくる。

すると、俺に気づいた国王様が声を上げる。

「皆の者！　英雄の登場だ！」

『オォォォ――――！』

あちらこちらから、歓声が湧き起こる。

「マルス殿、一言お願いします」

「セシリアさん、俺はそういうのは苦手で……」

「本当に謙虚な方のようだ。まあ、軽くで良い」

「では……皆さん！　――宴じゃァァア！」

『ウオオオオオ――――！』

みんなが、呑んで歌って踊り出す。

俺も戻ってきたシルク達と一緒に、セシリアさんに案内されて屋台へ繰り出す。

「まずは、クラーケンだな。醤油につけて焼いたものだ。あと、寿司も用意している」

「わぁ……！　いただきます！」

「へい！　どうぞ！」

「あれ？　お代は？」

「そんなのもらえません！　それに、今日は国王陛下の奢《おご》りだそうです！」

「そういうことだ。遠慮はしないでくれ」

へぇ、みんなタダってことか……太っ腹な国王陛下だね。

「いただきます！　――ん〜！　うみゃい！」

醬油の香りと塩気が出て……口の中が幸せになる。

イカ焼きもといクラーケン焼きは最高です！

「初めて食べましたが、癖になる味で美味しいですわ」

「はむはむ……」

ただひたすらに、リンがクラーケンを口の中に放り込んでいく。

ただし尻尾が揺れているので、相当気に入ったということだろう。

「ちょっ!?　姐さん！　俺の分を食べないでくださいよ！」

「レオ、ここは弱肉強食の世界ですよ」

「まだまだあるから、安心すると良い」

その後クラーケン寿司も食べて、次の場所に向かう。

寿司も美味かったけど、やっぱりわさびがないのがなぁ……。

聞いたら、そんなのは知らないと言われてしまった。

どっかにあるかなぁ……今度、シロを連れて探しに行こうかな。

そして、次の屋台に到着する。

「さあ！　これがシーサーペントだっ！　まずは食べてみてくれ！」

「じゃあ、遠慮なく……うまい……優しい味わいだ」

「これ——美味しいですの！　口当たりが良くて、口の中で溶けましたわ」

なんだ!?　白身の魚のようでいて、このふわふわ感——うなぎだっ！

「こっちもどうぞ！」

「うん？　同じ塩焼き？」

「まずは食べてください」

言われた通りに食べると……。

「へっ？　か、硬い？　コリコリして……味がどんどん出てくる！」

「私は、こっちのが好きですね」

「オレもですぜ！」

さっきと食感が違う！　エンガワみたいな食感だっ！　美味い！

というか、臭みなんか一切ないけど……どうなってんの？

「実は、少し調べたんだが……体の部位によって味が違うらしい」

「なるほど」

「あと、誰も食べたことがないので、とりあえず塩焼きにしたが……どういうのが合うのだろうか？」

いや、それは一択しかないでしょ!?　やるなら今でしょ!?

「ふふふ、俺に任せてください！」

「へっ？　マルス殿？」

「セシリア様、マルス様は料理にも精通しておりますの」

「そ、そうなのか……ふふ、ますます面白い」

「それじゃあ、さっき国王陛下がいたスペースを使っても？」

「ああ、父上に聞きに行こう」

そのまま国王陛下の元に向かい、事情を説明する。

「しかし、英雄であり客人である其方に……」

「そういうのは良いですから。俺はみんなで楽しく過ごせれば良いんですよ」

「……フハハッ！　まいった！　アロス殿め、とんだ麒麟児を残しおったな」

「ん？　……父上の名前ですね」

「ああ、そうだ。わかった、其方の好きにすると良い」

「ありがとうございます」

俺は中央付近に座り込み、準備を始める。

「さて、これでよしと……俺のすることは、いつもと変わらないよね」

即席コンロを作り、フライパンを火にかける。

「ここに砂糖を入れて少し熱してから、みりんと酒を入れる。あとシーサーペントの切れ端も足すと。たしか、そうすると美味いって聞いたことがある」

本当は砂糖をカラメル状にしても良いけど、難易度高いし時間もかかるし。

アルコールの匂いがしなくなったら、醤油を入れる。

「あとは煮詰まれば……即席のタレの完成だね」

これは順番がとても大事だったよね。

砂糖から熱を入れることと、きちんとアルコールを飛ばすことが美味しさの秘訣《ひけつ》だったはず。

「マルス様、私は何をすればよろしいですの？」

「私達も手伝えますか？」

「オレも手伝いますぜ！」

「ありがとう、三人とも。じゃあ串を作るから、それにシーサーペントのふわふわな部位を刺していってくれる？」

三人が返事をして、それぞれ作業を進めていく。

「さてさて、俺はそうしたら……」

石の台座を二個用意して、間隔をあけて設置する。

その台座の上と下の方に、石の棒を設置する。

「その真ん中で火をつけると……よし」

さらに火が逃げないように、その周りを土の壁で囲い込む。

「これで安全だね」

すると、三人も用意ができたみたいだ。

「じゃあ、それをタレに沈めて……石の棒に載せる」

これで、即席だがお店屋さんの焼き鳥や、うなぎを焼くときのような状態になる。

そしてすぐに――特有の香ばしい香りが辺りを包み込む。

「ふぁ、良い香りですわ……」

「ゴクリ……マルス様、まだですか？」

「た、たまんねえっす！」

「ふふふ、まだだよ……ここで手を抜くと美味しくないからね」

「マ、マルス殿……私も良いか？」

「余も良いだろうか？」

香りに釣られ、お二人もやってくる。

それどころか、そこらじゅうの人々がやってくる。

「ええ、もちろんですよー。じゃあ、同じのを用意しますね」

同じように台を設置して、シーサーペントを焼いていく。

時にひっくり返し、時にタレを塗って……それを繰り返せば、いよいよ完成だ。

「じゃあ、国王様とセシリアさんからどうぞ」

「「よ、良いのか？」」

「ええ」

二人が顔を見合わせて、齧り付く。

「ッー!?　こ、これは……余が食ったことのないものだ……美味い」

「だ、誰か！　米を持ってきてくれ！」

ふふふ、まあそうなるよね。

「「マルス様！」」

「まあまあ、米が来るまで待とう」

三人を押し留めていると、すぐに米がやってくる。

「よし！　いただきます！」

蒲焼《かばや》きを口に含み――すぐに米を食べる！

「んっ～！　まい！」

これだよこれ！　甘いタレが米に絡んで、いくらでもかき込める！

シーサーペントはふわふわだし、意外とさっぱりしている。

美味しい蒲焼きって、口当たりが良いって本当だったんだね！

「このお米って美味しいですの！」

「もちもちしてて、このシーサーペントに合いますね」

「マルス様！　おかわりっす！」

「はいはい……」

「「英雄殿！！！」」

今にもよだれを垂らしそうな人々が押し寄せる。

「わ、わかりましたから！　全員に配りますから！　リン！　レオ！　やり方はわかったね！」

「はい、お手伝いします」

「へい！」

すると……。

「セシリア！　余達も焼くぞ！」

「ち、父上!?」

「客人にばかりやらせてどうする！　たまには民のために汗を流そうぞ！」

「は、はいっ！」

そこには、不思議な光景が広がっていた。

王族、上位貴族、獣人が調理をして、それを民に配る姿が。

「うん、こういうのも良いよね！」

充実感と満腹感に包まれながら、楽しい夜が更けていく。

二十九話

その日の夜、無駄に広い部屋の中、俺がベッドで微睡んでいると……。

「ボス、起きてください」

「うーん……？　どうしたの、レオ」

「誰か来ますぜ」

「リンかな？　シルクなわけがないし」

シルクは、夜遅くに男の部屋を訪ねるような女性ではない。

リンは、そのシルクの護衛をしているはずだし。

「いや、足音が聞こえるので違いますぜ」

「なるほど、リンならしないね……一応、警戒しておこうか」

「へい。この命に代えてもお守りしやす」

いくら、国王陛下やセシリアさんが友好的とはいえ……俺を気にくわないと思う奴はいるだろうし。

それもあって、リンにシルクの護衛を頼んだんだし。

そして、ドアがノックされる。

「どちら様ですか？」

「私だ、セシリアだ」

「へっ？」

「少し良いだろうか？」

ん？　どういうことだ？　何か聞きたいことでもあるのかな？

「レオ、開けてあげて」

「へい」

レオがドアを開けると……　髪の色と同じ、青いネグリジェを着ているセシリアさんがいた。

まさしく、お姫様というか、お姉様って感じだ。

「えっと……？」

「すまぬな、こんな時間に。こんなものを着ることなど滅多にないのでな」

「そ、そうですか」

「入って良いだろうか？　もちろん、護衛はそのままで良い」

「ええ、どうぞ」

セシリアさんが部屋に入ってきて、俺の隣に腰掛ける。

うわぁ、めちゃくちゃ良い匂いする……というか、美人さんだなぁ、
騎士服と違い、女性らしい格好をしているので……ドキドキしてしまう。

「レオとやら、部屋にはいて良いが、少し離れてもらえるか？」

「レオ、平気だよ」

「へい、ボス」

レオが部屋の端に行くのを確認したら……。

「それで、何か問題がありましたか？」

「……ほう？　参考までに何が気になったか聞いても？」

「俺を快く思わない人がいるので、それを伝えに来たか。もしくは牽制の意味を含めて、セシリアさんがやってきたとか……ですかね？」

例えばだけど、英雄扱いされた俺に取り入ろうとして……女の子を寄越したりとか。

「なるほど、頭も回ると。まあ、似たようなものだ。我が国に引き込もうとする動きがあってな。マルス殿は、末っ子だし問題も少ない。そして、年増の私では相手にされないとみて……貴族達が自分達の娘を送り込もうとしたのでな」

「はぁ、めんどくさいですねー」

「ハハッ！　相変わらず面白い方だ」

「それに失礼ですよ。セシリアさん、すごく綺麗ですし」

うんうん、別に年増じゃないし。

たしか、姉さんと同い年だったはず。

「ふふ、嬉しいことを言ってくれるな。しかし、貴族の娘というのは二十歳を過ぎると貰《もら》い手《て》もいないのだよ」

「まあ、それはわかりますけど」

「どうだ？　……マルス殿がもらってくれるか？」

「へっ!?」

お、俺!?　い、いや、お姉様タイプは好きですけど……。

すると、耳打ちをしてくる。

「実はな……父上に子種だけでももらってこいと言われてな」

「そ、そうですか……」

「どうだろうか？」

俺の下半身は、すでに臨戦態勢に入っていた。

でも、脳裏によぎったのは……シルクの悲しそうな顔と——何故か、リンの悲しい顔だった。

「申し訳ありません」

「魅力が足りないか？」

「いえ、魅力的すぎて困りますね。俺も年頃ですし、セシリアさんはお綺麗ですから」

「ふむ」

「ですが、シルクを悲しませたくないので」

「ふふ、シルク嬢は幸せ者だな」

あと、そんなことしたら……オーレンさんに殺されちゃうし——怖いよぉ〜。

「どうでしょう？　俺ってば、怒られてばかりだったので」

「いやいや、それは照れ隠しだろう。私から見れば、彼女はマルス殿に恋してるさ」

「そ、そうなんですか……」

ウォォォォ！　嬉しいかも！　そうだったのか！

「それに……いや、これは私が言うべきことではないな」

「はい？」

「さて、ただ……牽制は必要になってくるな」

「えっと？」

「このままでは、明日にでも他の女が送られてきてしまう」

話し合いが済んでないから、今すぐ帰るわけにはいかないよなぁ。

俺も、まだ色々見てみたいし……というか海水浴してないし！

シルクの水着姿を見るまでは帰れません！

「ど、どうしましょう？」

「ふふ、そんなこともあろうかと……」

セシリアさんが立ち上がり、壁に手を当てると……その壁がスライドする。

「これは、隠し扉ですか？」

「ああ、下の階の部屋に繋がっている。そして、扉を知っているのは王族だけだ」

「何のために？」

「浮気とか、愛人の元に行く時に誤魔化せるようにな」

「あぁ、なるほど」

そっちに待機させておいて、この部屋から出ていくと。

そして、ことを済ませたら戻ってくるってことね。

「というわけで、マルス殿とレオは下の部屋で寝てくれるか？」

「なるほど。そうすれば、朝ここからセシリアさんが出れば……」

「そういうことだ。あとは、あっちが勝手に勘違いするだろう」

「でも、セシリアさんが……」

それで、婚期が遅れたら大変だ。

「気にするな。私には、その気はないと言ったであろう？　むしろ、未だに少数だが独身貴族が私を娶《めと》ろうとしてくるが……うんざりだ。私の身体と顔、王女を娶るという優越感に浸りたいという欲が見え透いている」

「それは嫌ですね」

「ふふ、わかってくれるか。もちろん、迷惑料として色々と便宜を図るつもりだ。それこそ、浜辺の貸し切りとかな」

「なんと!?　それなら良いですよ！」

その後、俺はレオを連れて下の階の部屋に行く。

「ハァァァァ――――」

レオ以外誰もいないのを確認して、俺は膝をついて……大きなため息を吐いた。

「どうしたんすか？」

「いやぁ、もったいなかったかなって……」

「シルクさんに言いつけますぜ？」

「や、やめてぇぇ！」

「ほんと、ボスはシルクさんに弱いっすね」

「うーん……頭が上がらないことはたしかだけど」

そのあと、布団に入ったけど……結局、中々寝付くことができませんでした。

はぁ……お、惜しいことしたなんて――思ってないんだからねっ！

三十話

さて、翌朝になりましたが……俺とレオの顔には、腫れた跡があります。

一体何故でしょう？　……正解はこちら！

「ご、ごめんなさいですの～!!」

「い、いや、平気だから」

ものすごく、ほっぺが痛いけどね。

未だにジンジンしますけどね。

「姐さん、ひどいっす」

「す、すまない！」

はい、レオなんか五メートルくらい吹っ飛んだもんね。

年末行事のフットンダとか目じゃないくらいに。

良かったよ、俺があんなの食らったら……ブルブル。

さて、なんでこうなったんだろうか？

◇

結局、大して眠れなかった俺は、朝早くから庭に出ていた。

もちろん、俺は元の部屋から出て、レオは下の階から出てきた。

その際にセシリアさんが寝ていた部屋を通ったけど……めちゃくちゃ良い匂いがしたし。

「ボス、早起きっすね」

「いや、顔が笑ってるけど？」

「仕方ないっすよ」

「ほっといてよ……一応、俺だって年頃だし」

あぁー惜しいことしたかなぁ……でもなぁ。

そのまま、日向《ひなた》ぼっこをしていると……。

「マ、マルス様ぁぁ〜！」

「やあ、シルク。俺がこんな朝から起きてるからって、そんなに驚かな——イタイ!?」

急に思いっきりビンタされたよ!?

「レオ！　貴様がついていながら、何をしていた!?」

「ま、待ってくれ！　話を——グヘェ!?」

レオが五メートルくらいぶっ飛んだよ!?

「むぅ〜！　どうしてですの!?」

そう言って、ぽかぽかと俺を叩いてくる。

ふくれっ面も可愛いなぁ……いかんいかん、とりあえず誤解を解かないと。

「シルク、どうしたの？」

「セシリア様が、マルス様の部屋から出てきたって！」

「ああ、そういうことね」

あれ？　事情は説明してくれてない感じ？

「マルス様、そこで正座を」

「いや、リン……」

「問答無用です」

「いや、話をね？」

「むぅ……！」

すると、救世主が現れる。

いや、この場合は火に油を注ぐ人かもしれないけど。

「ま、待ってくれ！　は、速すぎるぞ！」

息を切らしたセシリアさんがやってくる。

その後別室に移動し、誤解を解いてくれたってわけだね。

◇

そして、今に至るってわけだ。

「マルス殿！　申し訳ない！」

今にも土下座をする勢いで、セシリアさんが謝ってくる。

「い、いえいえ、俺も悪かったです」

どうやら、リンとシルクにセシリアさんが説明しに行ったら……。

二人がすでにいなく、メイドから俺とセシリアさんのことを聞いたらしい。

そして、そのまま突撃をしてきたってわけだ。

「うぅ……ごめんなさい」

シルクが俺の頬に手を当てて、癒しの力を使う。

「だから、平気だって。ただ、なんで早起きしたの？」

「なんか、嫌な予感がしましたの。それで、起きたら……」

「なるほどね」

いやぁ……女性の勘って恐ろしいや。

「マルス様、すみません」

「良いよ、リンも。まあ、信用されてないのは辛いけど」

「『はうっ⁉』」

二人が気まずそうに俯いてしまう。

まあ、俺も勝手に出てきちゃったしね。

それに、そういうのは信用されてないのとは少し違う気もするし。

感情が抑えきれなかっただけだと思う。

まあ……それだけ、俺を想ってくれてるってことかな。

「はいはい、もう良いよ」

「良くありませんの！」

「そうです！」

「えぇ～じゃあ、罰を命じます」

「『ゴクリ』」

「ほっぺにチューを所望します！」

「『へっ⁇』」

二人がポカンとした顔をする。

「ほら、早く。結局、してもらってないんだから」

「は、はぃ……」

「わ、わかりました」

二人に挟まれ……柔らかな唇が、俺に触れる。

「はぅ……」

「あぅぅ……」

オォォ!!　キタァァ!!　憧れのダブルほっぺにチュー!!

実は密《ひそ》かに憧れていた！

某ビストロスマッ○の勝者へのキスを！

まさか異世界にて叶うとは！

「はい！　もう一つあります！」

「な、なんですの？」

「まあ、良いですけど」

「二人には水着を着てもらいます！」

ふふふ、それが見れるなら殴られたことも良しとします！

「み、水着ですの？　昨日も、了承しましたが……」

「シルク様!?　まさか、了承してしまったのですか？」

「だ、ダメですの？　よくわかっていないんですけど……」

「マルス様？　説明もせずに了承を得たのですか？」

「い、いや、俺は、その……ごめんなさい！　でもお願いします！」

「まあ、今回は私達に非がありますからね。シルク様、少しご説明をします」

リンが耳打ちをすると、次第にシルクの耳が赤くなっていく。

「ふえっ⁉　と、と、殿方の前で肌を晒すのですか⁉」

「そ、そうらしいのです。私も恥ずかしいですが……今回は我慢します。ある意味で、意識してもらうには良いかと思いますし」

「リン……そうですわね。お母様も言ってましたわ――女は度胸って！　マルス様！　私も水着とやらになりますの！」

「おおっ！　二人とも、ありがとうございますぅぅ‼」

ナイスバディな二人の水着姿！　殴られてもお釣りが来るよね！

すると、レオが俺の肩を叩く。

「なんだい、レオ？　俺は今、喜びの舞をしようとしてたのに」

「いや、しないで良いですから」

「そ、そんなに嬉しいですの？」

「いや、あのぅ……オレのことは？　まだ痛いんすけど……」

「「「あっ――」」」

そこには、未だに頬が腫れているレオがいた。

そのあと、もちろんシルクが癒してくれましたとさ。

あと、レオにはご褒美をあげると約束もしたし。

そして話にオチ？がつき、食事を済ませた後、国王様と面会する。

「す、すまなかった！」

「い、いえ！　頭を下げないでください！」

「事前に言っておくべきだった……しかし、そうすると」

「いえいえ、わかってます。リアリティがなくなりますからね」

「そういうことだ」

「ただし、見返りは求めますよ？」

敵対されたわけじゃないけど、流石になにも言わないのは国としてもまずい。

「もちろんだ。なにを望む？」

「では――ありったけの米とワインを。そして、それを積む馬車を」

「わ、わかった。だから、シルク嬢……そんなに睨まんでくれ」

「コホン！　この後のお話し合いで……誠意を見せてくれますわよね？」

そこには、氷の表情を浮かべるシルクがいた。

「も、もちろんだ。幸い、大臣達は引き下がった。これで邪魔をする者もいまい」

「なら良いですの」

「ほかに望みがあるなら言うと良い」

すると、シルクが頬を染め……俺に視線を向ける。

「な、なら……マルス様と同じ部屋が良いですの」

ナニィ!?　無理無理！　寝れないよ！　野営とは状況が違うし！

「なに？　しかし、淑女たるそなたが……」

「父上？　その淑女に夜這《よば》いを命じたのは誰です？」

「いや、お主は淑女という年齢じゃ……」

「ナニカ？」

「い、いや……余が悪かった」

なんか……もっと色々文句を言おうかと思ったけど、可哀想になってきたなぁ。

もちろん、言いたいことはまだある。

でも、国王様だって綺麗事だけじゃやっていけないだろうし……ここらが引き時かな？

そうなると、この空気を変える必要があるね。

「はい、シルクとは無理です」

「マ、マルス様!?　や、やっぱり、歳上がよろしいですの……？」

「違うよ、シルク。君みたいな可愛い女の子と一緒の部屋じゃ……ドキドキして眠れない」

「へっ……？　……っ〜!!」

シルクが耳まで真っ赤になり、両手で顔を隠す。

すると、全員の視線が物語っていた。

『マルス殿（様）、グッジョブ!!』と。

ふふふ、俺だって決める時は決めるのさ！

「キュン？」

俺の腕の中で眠っていたルリが目を覚ます。

「あら、今頃起きたの？」

「キュイ！」

「ルリ、シルクのところに行ってあげて」

「キュイー！」

ふわふわと浮いて、シルクの腕に収まる。

「ふふ、おはようですの」

「キュイキュイ！」

「可愛い……」

仕上げはルリによる可愛げアタック！

少し痛い目にあったけど、いいこともあった。

正直言って、買いたい物が多すぎて予算には不安があったし。

これで、ただで米が大量に手に入るし……これにて、一件落着だねっ！

三十一話

午前中はシルクが話し合いがあるのと、色々と準備が必要なため、俺は部屋の中でのんびりと過ごす。

「ふふーん、こんな機会はそうそうないからね」

「まあ、そうっすね。オレものんびりできて楽っすよ」

「うんうん、レオもダラダラする素晴らしさがわかってきたね！」

「まあ、本来オレ達の種族は、女性が働いて男性はダラダラするもんですし。だから、ダラダラするのも嫌いじゃないっす。男は、いざって時に動けば良いって感じです」

「何それ!?　ずるくない!?　俺も獅子族になりたい！」

というか、ライオンの性質のままじゃんか！

ヒモの王様……それが百獣の王ってやつだし！

「いや、ボスはなってますぜ？　シルクさんと姐御のヒモみたいなもんですし」

「ぐぬぬ……否定ができない。でも、最近は頑張ってるんだよ？　あんまりアレだと、愛想を尽かされちゃうし」

「まあ、そうっすよね。大事なのは……ようは、決める時に決めるってやつっすかね。そこさえ押さえとけはば、あとは平気っすよ」

「なるほど……大事な時に決める。よし、やってみるよ」

すると、扉がノックされ、セシリアさんが入ってくる。

「マルス殿、海水浴の用意ができたそうだ」

「ほんとですか！　よし！　行きます！」

「んじゃ、オレはルリとお留守番してますぜ。またうるさいこと言われたらアレっすから」

「レオも行こうよ！　一緒に遊ぼう！」

「そのことなら心配しなくても良い。今回のお礼として、マルス殿達の貸し切りとさせてもらった。だから、獣人だろうと関係なく一緒に遊ぶと良い」

「セシリアさん！　ありがとうございます！」

「……ったく、仕方ないっすね！　そういうことなら遊びますか！」

話がまとまったので、ひとまずルリを抱いて、外へと出かけるのだった。

そして三人と一匹で、城の外に出たのは良いけど……。

「あれ？　シルクとリンは？」

「あとで、来るから大丈夫だ。先に案内しよう」

「まだ話し合いをしてるとかですか？」

「ああ、そのようだ」

「一緒に行けば良いのに」

「女性というのは時間がかかるのだよ。それを待つのも、良い男の条件だと思うが？」

「なるほど……言われてみれば」

そうだ、ここで慌てちゃうからダメなんだ。

水着姿は楽しみだけど、ゆっくりと待つことにしよう。

そして、歩くこと数分……ビーチに到着する。

そこには、昨日はなかった小屋が二つ設置されていた。

「あれ？　あの小屋って？」

「着替えをするために、即席で作らせたものだ。右側が男性で、左側が女性だ」

その小屋の前には、男女の警備兵らしき人もいる。

「では、俺は先に男子側で着替えれば良いですか？」

「ああ、そういうことだ。では、私はここで待っていよう」

「俺は着替える必要ないから待ってるっす」

「レオは元々、ラフな格好だもんね。んじゃ、行ってくるね」

俺は二人と離れ、小屋の方へと歩いていく。

すると、女性側の小屋の扉が開く。

「あれ？　貸し切りだったはずなんだけど……へっ？」

俺の目の前には……女神がいた。

◇◇◇◇◇

うぅー……恥ずかしいですの。

約束はしたものの、目の前の水着とやらを前にして……身体が動かないです。

「ま、まさか、こんな破廉恥な格好だなんて……！」

た、たしかに、リンからどのような格好とは聞いてはいましたけど……。

これでは足は全部出ちゃうし、お尻も少し見えちゃいます。

何より——胸がほとんど隠れてないですの！

「こ、こんな格好で、殿方の……それも、マルス様の前に出るんですの⁉」

いくら貸し切りで、身内しかいないとはいえ、嫁入り前の娘が……あぅぅ。

「シルク様、声が大きいですよ。サプライズにしようと言ったのは、シルク様なんですから。ひどい勘違いをしてしまったマルス様に、喜んでもらおうって」

「そ、そうですけど……！」

そう、今回のことは私から言い出したことですの。

何も悪いことしていないマルス様に、ビンタをしてしまったから。

だからセシリアさんに頼んで、先に着替えを済ませ……マルス様が来るタイミングで、外に出るっていうサプライズをしようって。

マルス様が、ものすごく楽しみにしていたから。

「まあ、気持ちはわかります。これは恥ずかしいですね。生足ですし、胸も強調されてますし……」

「リ、リンはまだ良いですの！　あの……逆にしませんこと？」

リンの水着は色は赤で派手ですが、上に着ける水着にはフリルのようなものが付いてます。

あれがあると、少しだけ胸を隠す面積が大きくなりますし。

でも、私のは……白い水着でものすごく可愛いんですけど、隠す面積が狭い気がしますわ。

「いえいえ、私にはそんな可愛らしいのは似合いませんし。それは、シルク様が着ましょう。というか、私だって恥ずかしいんですから……さ、ささっと着てしまいましょう！　早くしないと、マルス様が来てしまいます！」

「そ、そうでしたわ！　……お、お母様！　私に勇気をくださいませ！」

私は意を決して、洋服を脱いでいきます。

そして、リンにお手伝いしてもらいつつ……何とか着替えを済ませました。

「こ、心もとないですわ……！」

「ほ、ほんとですね……！」

すると、お付きの方が合図を送ってきました。

つまり、マルス様が来たということですの。

「リ、リン、行きますわ。もう、ここまできたら後には引けないですの」

「え、ええ、行きましょう……！」

「わ、私が先に行きますわ……！」

私は覚悟を決めて、扉を開けます。

……マルス様、喜んでくれるかな？

◇◇◇◇◇

……違う、女神じゃない。

でも、女神みたいに可愛い女の子がいる。

純白の、白いビキニを着ているシルクの姿が。

綺麗な生足、全体的に柔らかそうな肢体、綺麗なお腹、そのどれもが素晴らしい。

「……可愛い」

「ふえっ⁉」

「あっ！　思ったことが口から出ちゃったァァ！　やばい、可愛い、どうしよう？」

「あ、あぅぅ……」

俺がそう言うと、シルクが恥ずかしそうに身をよじる。

必然的に、とある部分が強調されるわけで……はいっ！　最高です！

……待て待て、さっきレオも言っていた。

ここで慌てずに決めることが大事だ。

「シ、シルク、よよよく、似合ってるよ」

……盛大に噛んでしまったァァ！　全然かっこつかないよぉ〜！

「あ、ありがとうございますの……えへへ、頑張って着た甲斐がありましたわ」

「そ、そう……」

いかん！　自分で望んだはずなのに！　いざ目の前にいたら緊張する！

「まったく、いつまでやってるんですか」

「あっ、リン、良いところに……美人さんがおる」

「……な、な、何を言ってるんですか!?」

「い、いや、だってさ……」

リンは胸の辺りにフリルの付いた、赤い水着を身にまとっている。

全体的に引き締まった綺麗な身体、そして大きいのに垂れてないお胸さん。

身長もあるので、その立ち姿は、まるでスーパーモデルのようだ。

「わ、私のことはいいんですよ！　……でも、ありがとうございます」

「こ、こちらこそ、良いものを見させていただきました」

ある意味では、リンの方が破壊力がある。

こう、なんとも思ってなかった分というか。

「むぅ……これはこれで、なんだか悔しいですの」

「シルクさんや？　どうして膨れているんだい？」

「……お母様、私に勇気を――えいっ！」

「わひゃぁ!?」

事件です！　腕が組まれたので……お胸様が腕に当たってます！

感触がダイレクトに伝わってやばいです！

「は、はぅぅ……」

「シ、シルク！　離れようか！」

「は、はいっ！」

これ以上は、アレがアレで、アレがアレだから……男性諸君ならわかってくれるよね!?

「ほら、マルス様も着替えてください。じゃないと、いつまで経っても遊べませんから」

「いや、もう割と満足なんだけど……」

ええ、素晴らしいモノを見させていただきましたとも。

「ダメです。私もしたいことがありますし」

「そうなの？　じゃあ、着替えてくるね」

ひとまず中に入り、ささっと着替えを済ませる。

男なんか、海パン一丁で良いしね。

「よし！　それじゃあ、何しよう？」

「ふふ、それではビーチバレーなどしたらどうだ？」

「えっ!?　そんなのがあるんですか!?」

「ああ、砂浜で遊んでいた若者が考えた遊びらしい。ここでなら、怪我をしないしな。というか、マルス殿は知っているのか？」

「え、ええ、まあ……色々な本を読んでいるので」

「流石は博識だな。実は、すでに用意してある。これからは、皆が使うだろうがな」

その後、お付きの方達が、ささっと用意してくれる。

左右に棒を一本ずつ立てて、その真ん中にはネットが張ってある……うん、俺が知ってるやつと一緒だ。

まあ、そんなに難しい発想ではないし、海の近くでやる遊びを考えついたんだろうね。

「マルス様、どうやるのです？」

「えっと、二対二に分かれて……」

「マルス殿、私とやってみよう」

「そうですね。ちょっとやってみるから見てて」

まずは、俺がボールを上に投げて……握り拳でトスを上げる。

そして、ネットを通り越したところを……。

「よっと！」

セシリアさんがレシーブをして、ボールが俺の方へ落ちる。

「これで、俺の負けだね。これをお互いに打ち返して、ボールを落とした側が負けってこと。一人がボールを受け止めて、そのボールをもう一人がネットの向こうに打つんだ。もちろん、そのまま一人で打ち返しても良い。ちなみに面倒だから、どっちが受け止めても良いルールでやろう」

「なるほど、そういうゲームですか」

「単純でわかりやすいですの」

「そうっすね」

まあ、特に難しいことはないからみんなでできそうだ。

あとは、チーム分けをどうするか。

「バランス的には、レオとリンは分かれた方がいいね。俺とシルクじゃ、すぐにゲーム終わっちゃうし」

「まあ、そうでしょうね。では、男女でいいのでは？」

「そうしようか。じゃあ、俺とリンと、シルクとレオでやろうか」

それぞれが頷いたので、ゲームを開始する。

「じゃあ、いくよー！　それっ！」

まずは、俺がお手本としてボールを打つ。

「おっす！」

レオが軽く拾い、こちら側に返ってきて……。

「よっと」

リンが拾い、またあちら側に返し……。

「わっ、わっ、えいっ！」

おどおどしながらも、シルクがレシーブをして、何とか打ち返す。

……はい、何がとは言いませんが眼福です。

プルンプルンが、ぷるんぷるんしてます……語彙力崩壊！

「ちょっと!?　マルス様！」

「あっ！　しまったァァ！」

シルクに見とれていたら、ボールを見失ってたし！

「やりましたの！」

「シルクさん！　やりやしたね！」

「……ふふふ、燃えてきましたね。マルス様、次は真剣にやってくださいね？」

「ハ、ハイィィ！　わかりましたっ！」

どうやら、リンの闘争心に火がついたようです。

これは真剣にやらないと、あとで怒られちゃうね。

気を取り直して、俺がボールを打つ。

「そらっ！」

「えいっ！」

すると、シルクがすぐに打ち返す。

俺はそれを再び、ネットの向こうに打ち返す。

「おっ、やるね！　すぐに慣れてきたね！」

「私だって、運動音痴ってわけじゃないですの！」

……なんだが、こうしてるだけで楽しいや。

なんだろ……もしかしたら、これが青春ってやつなのかもしれない。

取り戻せぇぇ～！　遅れてきた俺の青春！

そのまま、シルクと幸せなラリーを続けていると……。

「マルス様、聞いてましたか？」

「あっ、そうだった！　よ、よーし！　それ！」

少し強めにボールを打つ！

「シルクさん！　軽く打ち上げるだけで良いっす！」

「わかりましたの――えいっ！」

シルクが、俺の打ったボールを綺麗に打ち上げる……。

「ウォオオオ！　姐御、行くゼェエ！」

「レオ！　来なさい！」

レオが高く飛び、同時にリンが腰を落として受けの姿勢をとる。

「オラァァァ！」

そして、弾丸のようなアタックが放たれる！

「すぅ――ハッ！」

それを、リンが柔らかく受け止め……あちら側に返す！

「もういっちょ！」

「なんのっ！」

今度は、リンとレオの激しい戦いになる。

俺とシルクは、それをしばらく眺めることにしたけど……ダメだっ！

油断すると、視線がシルクのおっぱ……ゲフンゲフン！

……俺は暇だったので、違う遊びをすることにした。

「おおっーと！　レオ選手の凄《すさ》まじいスパイクを、リン選手が巧みに受け止めております！　まさしく剛と柔の戦い！　攻めのレオ！　受けのリンと言ったところかぁー!?」

「もう、マルス様ったら」

「激しい応酬だァァ！　どちらも一歩も退かない！　一体、この結末はどうなってしまうのか!?

次回予告――リンよ、永遠に……ご期待ください！」

「どうもなりませんよ！　というか、それって私が死んでるじゃないですか！」

「ウンウン、相変わらず素晴らしいツッコミだ。流石は、俺の相棒だ」

「誰が相棒ですか!?　ほら！　私が打てるように手伝ってください！」

「ええ～楽しいのに……まあ、怒られる前にやりますかね」

ひとまず、リンが返したのを確認し、前に出る。

「へぇ？　ボスに俺のスパイクが止められるかな？」

「ふふん、やってみなさい」

「よっしゃ！　いくぜ！」

レオが強烈なスパイクを放つ！

「土の壁……よっと」

俺はそれを、土の壁で威力を減らし……弱まったボールをトスする。

「うげぇ!?　ずるいっすよ！」

「いやいや、そっちだって少しだけ闘気を使ってたし。リン、お膳立てはしたよ？」

「ええ、十分です」

リンが空高く舞い上がり……スパイクの構えをとる。

「ちょっと!?　姐さん!?」

「レオ、よくもやってくれましたね——ヤァァァァ!!」

リンが打ったボールは、ものすごい勢いでレオに迫り……。

「ヘブシッ!?」

顔面に当たり、レオがぶっ倒れる！

「あっ、痛そう」

「ほんとですの」

「ふん、散々私に打ってきた罰です」

「いてて……姐御、一対一でやらないっすか？　それこそ、本気で」

「……ほう？　私とやると？　あの時に、教えてあげたのに」

「出会った時は、まだ弱ってたんで。へへ、今ならどうかな？」

「良いでしょう、かかってきなさい」

何やら、熱い展開になってきた……！

そういえば、この二人は出会いの時に一悶着《ひともんちゃく》あったって話だったね。

これは、俺達は離れた方が良さそうだね……というか、少し疲れたし。

「シルク、あっちで休憩しようか？」

「そうですわね」

シルクの手を引いて、近くにある荷物を置いているシートの上に座る。

そこからは、レオとリンが激しく打ち合う姿が見える。

一緒のチームだからあれだったけど……リンのおっぱいも、ブルンブルン揺れてます。

うむ、素晴らしい――ここは特等席だね！

「むぅ……マルス様！」

「ん？　どうしたの？」

「わ、私が隣にいるんですの……こっちを見てください！」

「えっ？　……いやぁ」

改めて間近で見ると、破壊力がすごい。

こう、清楚《せいそ》なんだけどエッチというか……神的なバランスって感じだ。

まさしく、浜辺に舞い降りた女神のようだ。

「そ、そんなに見られると恥ずかしいですの……」

「ど、どうしろっていうのさ!?」

ほんと、女の子って難しいよぉ～！

「むぅ、そんなこと言われたって……あっ！」

「どうした……おっと、起きたみたいだね」

「キュイー！」

目を覚ましたルリが飛んできて、シルクの胸に収まる。

うん……残念ではあるけど、目の毒すぎたから助かったかも。

「おはよう、ルリ。今日は、よく寝てたね？」

「キュイ！」

「きっと疲れていたのですわ。初めての場所ですし、マルス様を助けたこととか」

「そういえば、そうだね。昨日はありがとね、ルリ」

「キュイ……」

ルリを撫でてあげると、目を細めて気持ち良さそうな表情をする。

「ふふ、幸せですの」

「うんうん、こうしてのんびりするのは最高だよね。毎日、こうしたいくらいだし」

「それは困りますの。でも、少しだけ同意しますわ」

その後、ただただ静かな時間が過ぎる。

それが、ものすごく贅沢な気がする。

そのまま、のんびりしていると……。

「キュイ！」

「うん？　もう撫でるのは良いの？」

「キュイキュイ！」

ルリの目は、遊んでと言っているように見える。

「お昼寝をしたから、次は遊びたいみたいですわ」

「そうみたいだね。じゃあ、とりあえず海の方に行こうか」

「はいっ！」

「キュイ！」

ルリを抱いたシルクの手を引いて、浜辺を歩いていく。

というか…あの二人は、いつまでやってるんだろう？

その後、波打ち際に来たら……ルリが海の方へ飛んでいく。

そして、水の中に潜る！

「ル、ルリ!?」

「キュイ～！」

「ほっ、平気か」

「ドラゴンって海に強いのですか？」

「いや、わかんない。というか、ルリを普通のドラゴンと言っていいのか……まあ、平気なら良いか」

ひとまず、俺も海に近づいていくと……。

「キュイ！」

「わわっ⁉」

ルリの口から水が吐き出され、俺の全身を濡《ぬ》らす。

「まるで、ドラゴンのブレスのようですわ」

「いや、冷静に言わないでよ。全身がビショビショだし」

「ふふ、そのための水着なのでは？」

「ふーん……そらっ！」

海水をすくって、シルクに向けて放つ！

「きゃっ⁉」

「ふふん、どうだ……」

「も、もう！　何するんですの⁉」

……い、いかん！　これはいかーん！

水着や髪が濡れて、とてもえっちです！

いやいや！　いかんのは俺の頭ですね！

「ふ、ふふーん、水着は濡れるためにあるんじゃなかったのかな？」

「むぅ……えいっ！」

「わぁっ!?」

シルクから、水をかけられる。

……こ、これは！　あれをやるチャンスなのでは！

遅れてきた青春を取り戻すチャンス！

「よ、よーし！　やったなぁ！」

「きゃっ!?　や、やりましたわね！　えいっ！」

「このっ！」

「むぅ！　負けませんの！」

ウォオォォ!?　水着姿の美少女と波打ち際で水遊びだァァァ！

俺が前世で望んでも、一度もできなかった海の定番イベントォォ！

「グスッ……」

「マ、マルス様!?　どうして泣くんですの!?　み、水が入りましたか？」

「い、いや、平気だよ。あまりの嬉しさに感動しただけ」

同時に、前世を想って悲しくなったけど。

ほんと、天使様に感謝だね！　何か使命があるならどんとこい！

……やっぱり、めんどくさいから嫌かも。

聖女様、すみませんがよろしくお願いします！

「そうですの？」

「うん、こうしてシルクと遊べて楽しいよ」

「……えへへ、私もです」

「「……はは」」

どうにも照れくさくなり、二人で同時に頭をかく。

すると、ルリが海の中から出てきて……水を俺達に吐き出す！

「うわっ!?」

「きゃぁ!?」

「キュイー！」

その顔は、してやったりという表情に見える。

「ふふふ……どうやら、格の違いを教えてやる必要がありそうだ」

「マ、マルス様？」

「いくぞ！　ルリ！　ウォーターボール！」

「キュイー！」

俺の水の玉と、ルリのブレスがぶつかる！

「ふっ、やるじゃないか」

「キュイ！」

「もう、二人ったら……ふふ、仕方ないですの」

その後、三人でひとしきり遊んだ後……疲れたので、再びシートの上に戻る。

「ふぅ……疲れたね」

「ふふ、そうですわね」

「プスー」

ルリはといえば、シルクの腕の中で寝ている。

「またルリは寝ちゃったし」

「まだ小さいですもの。この子は、なんのドラゴンなのかしら？」

「さあ？　ただ、水に慣れてるっていうか……生まれつき水に適応してる感じだったね。もしかしたら、水に関係するドラゴンなのかもしれないね」

「なるほど……まあ、今は考えなくて良いですね」

「それもそうだ。そういうのは、ライラ姉さんに任せるとするよ」

「まあ、相変わらずですの……あら？」

「どうやら、あっちも決着がついたみたいだね」

砂浜から、レオを引きずったリンがやってくる。

まさしく、死体を引きずるように。

「ようやく決着がつきましたよ。まったく、しぶとい男でした」

「レオ、なんて姿に……君の勇姿は忘れないぃ」

「か、勝手に殺さないでくれないっすか？」

「あっ、生きてて良かった」

「い、言い返したいですが……ゴフッ」

そして、今後こそ力尽きた。

こりゃ、当分の間目を覚まさないね。

「さて……これでようやく、本来したかったことができます」

「そういえば、そんなことを言ってたね？」

「ええ。事前にセシリアさんに頼んで、海に潜る許可を取りました。何やら、浅瀬でも貝類などが獲れるとか」

「なんと!?　それは良いねっ！」

「マルス様も行きますか？」

「もちろん！」

疲れてはいるけど、貝類とやらは気になるし。

リンのことも心配だし、海に潜るのも興味がある。

「では、私がレオさんとルリちゃんを見ておきますわ」

「うん、よろしくね」

二人をシルクに任せ、俺はリンとともに海へと向かうのだった。

少し歩いて、岩礁がある場所にやってくる。

「ここら辺から深くなっているそうですよ」

「なるほど。じゃあ、こっから入ってく感じ？」

「ええ、そうなるかと。まだ魔物や魔獣もいるでしょうから気をつけてくださいね」

「うん、わかった」

「では、まずは私が安全確認をします……よっと」

リンが岩礁を降りて、海の中に入る。

「どうー？」

「……平気そうです！　ゆっくり入ってきてください！」

その言葉を聞いて、俺も下に降りて……海の中に入る。

「うん。さっきも思ったけど、そこまで冷たくはないね」

「ええ、こちら側は我が国より暖かいですからね。ですが、油断は禁物です。長くいると感覚が麻《ま》痺《ひ》するらしいですが、確実に身体は冷えているそうですから」

「大丈夫、それはわかってるよ。というわけで、早速行こう！」

「ふふ、そうですね。では、マルス様からどうぞ」

「よ、よーし！　せーのっ！」

俺は勢いをつけて潜水する……が、中々上手くできない。

「ぷはっ！　あれー？　潜水って難しいんだなぁ」

「何やら、コツがあるみたいですね。ちょっとやってみます」

そう言い、水の中に潜ったリンを、水面に顔をつけて確認すると……。

脚を動かして、優雅に泳いでいた。

そして、すぐに海面に浮上してくる。

「ふぅ……どうにかなりそうですね。最初は私がマルス様を引っ張るとしましょう。ただ、マルス様は目を開けるのが大変です。私は目に闘気をまとえば守れるので、それで解決しますが……だからこそ、獣人の仕事なのかもしれないですね」

「そうだね。俺も、綺麗な景色も見たいし」

「どうしますか？」

「……いや、ちょっと待って」

闘気がないなら、魔法で解決すれば良くない？

水の膜を身体にまとうイメージで……。

「いでよ——アクアジェイル《水の檻》」

「これは……マルス様の周りに、水色の膜ができましたね」

「うん。これで目も見えるし、水の抵抗もないと思う。しかも、空気も入ってるから、ある程度潜っていられるかな。一応、リンにもかけておく？」

「まあ、軽く三十分くらいは潜れるはずですが……そうですね、お願いします」

「なら俺と一緒にかけちゃうね」

膜の範囲を広げて、俺とリンを丸く包み込むようにする。

「ありがとうございます。では、まいりましょう」

「よし！　今度こそ行くよー！」

先にリンが潜り、続いて俺も海の中へと潜る！

すると、そこには美しい景色が広がっていた。

優雅に泳ぐ魚達、透き通るような水中、そしてビキニ姿の美女……最後のはリンですね！　というか、本当に人魚ように綺麗だなぁ。

「すごいねっ！」

「ええ……えっ？　水の中なのに話せてます？」

「そりゃ、魔法で覆ってるからね。こうすれば、意思疎通も図れるし。ただし、魔力を大量に使うから、俺以外には厳しいかも」

「たしかにそうですね。おっと……あれですかね？」

リンの指差す方を見てみると、そこには微かに見覚えのあるモノがあった。

「おっ！　アレはっ！　リン！　早く早く！」

「はいはい、わかりましたよ」

リンに手を引かれつつ、一緒に目的の場所へと潜っていく。

そして三メートルくらい潜ると、想像通りのものがあった。

「ホタテだっ！」

「ホタテですか？」

「そうだよっ！　あれは食べよう！　絶対に！」

「ふふ、わかりましたよ」

リンと協力して、ホタテを回収していく。

一個一個の大きさは、手のひらくらいある特大サイズだ。

これは、食べ応えがありそうだ。

「意外と量があるね」

「ええ。今までは、マーマンが大量発生していたからホタテの収獲量が少なかったのかもしれないです」

「ああ、それはあるかな。じゃあ、これからは定期的に仕入れられると。ふふふ、それは楽しみだ」

そんな会話をしつつ、ホタテを袋に入れていると……。

「ん？　あっちにも何かありますね。敵は周りにはいなそうですし……ちょっと見てきます」

「ん、わかった。じゃあ、俺はホタテを獲ってるね。あと、ハマグリとか」

「ええ。では、行ってきます」

俺の水の膜から離れ、リンが少し深いところに潜っていく。

そして、そのまま作業をしていると……。

「キャァァ!?」

「リン!?」

リンの叫び声がしたので、急いで向かう！

すると、そこには……エロゲのようなシチュエーションになっているリンがいた。

何やらタコの足のようなものに、片足と左手を掴まれている。

……はっ!?　眺めてる場合じゃない！　助けないと！

「んっ!?　や、やめなさい！」

「リン！」

「ちょっ!?　来ないでください！」

「何を言って……へっ？」

後ろから近づいてみてわかったけど……リンの水着の紐《ひも》がほどけてる？

それを右手で必死に押さえてますね……はい、つまり横乳さんが見えます。

「い、今！　右手が使えないんです！」

「なるほど。ふむふむ……良き眺めである」

「……あとで覚えておいてくださいね？」

俺を見るその目は、まさしく絶対零度だった。

「ご、ごめんなさいぃぃ！　えっと——別に残念だなんて思ってないんだからねっ《ウインドカッター》！」

俺の放った風の刃が、タコらしき奴の足を切り裂く！

「ボコォォォォ?!?」

すると海底が盛り上がり、大きなタコの顔が出現する！

同時にリンが解放されて、俺の方に避難してくる。

「気持ち悪いです！　こいつはなんですか!?」

「どう見てもタコだよ！」

「タコって何ですか⁉」

「タコはタコだよ！」

どうやら、リンもテンパっているようだ。

と、とにかく！　リンは刀もないし、俺がやらないと！

「ボキヤァァ！」

残りの触手が、リン目がけて迫ってくる！

「やらせるか！　リンは俺が守る――ウインドランス！」

俺の放った風の槍が触手を切り裂きつつ、タコの顔面に突き刺さる！

「ボガァァ⁉　……ァァァァ」

「……やったかな？」

「…………」

「リン？　どうかした？　どっか怪我した？」

「い、いえ！　何でもないです……え、えっと、どうしますか？」

「そりゃ、もちろん――食べるに決まってるよ」

「まあ、そういうと思いました。では……私の紐を結んでくれますか？」

「う、うん」

背中を向けたので、水着の紐を結んであげることにする。

「……改めて思うけど、綺麗な背中してるよね」

「ふえっ!? な、何を言うとですか!?」

「言うとですかって……ははっ！」

「ほ、ほっといてください！」

「いや、ほら……昔は傷があったからさ」

「ええ……これも世話をしてくれたマルス様と、傷を癒してくれたシルク様のおかげですね。お二人には、本当に感謝してます」

「そんなことないよ。俺とシルクはリンに感謝してるから……よしっと」

とりあえず、水着の紐を結ぶことができた。

「ありがとうございます。ひとまず、一度陸に上がりますか？」

「うん、そうだね。じゃあ、タコはよろしく」

リンがタコの残りの足を引っ張って、浅瀬へと向かっていく。

俺は敵に注意しつつ、その後を追い……無事に浜へと上がる。

すると、すぐにリンが頭を下げてくる。

「マルス様、色々とありがとうございます」

「いやいや、大げさだって」

「いえ、なんだが……こうして世話をされたり、助けていただくのが新鮮で」

「それはそうかもね。昔はよくしてたけど、今じゃ俺が世話になってばかりだし。だから、たまに

は良いよ」

「ふふ、それもそうですね」

「何より、良いもの見れたし」

「わ、忘れてください！」

「えぇ～？　どうしようかなぁ？」

「マ・ル・ス・さ・ま？」

「はいっ！　忘れます！」

再び睨まれた俺は、ひとまず黙ることにした……無論、忘れてはいないけどねっ！

そして、俺達に気づいたシルク達が駆け寄ってくる。

「マルス様！　何があったのですか!?」

「いや、色々と。まあ、とりあえず——宴だっ！」

「はい？　よ、よくわかりませんわ!?」

「はいはい、私が説明しておきますから。ささっと準備してください。レオ、これを運んでくださ
い」

「へいっ！」

「任せたっ！」

その場をリンに任せ、セシリアさんとレオと準備をする。

「やれやれ、本当に飽きない方達だ」

「いや、完全に不可抗力なんですけどね」

「それがマルス殿らしい。ところで、あれはオクートの一種だな。たしか基本的には砂の中にいる魔獣だ。そっから足を出して誘い出して、近づいてきたら触手で絡め取ると。まさか、あんな浅瀬にいるとは……やはり、色々と生態系が変わったからかもしれない。我々も狩りをする時は、注意しておこう」

「ええ、そうした方がいいと思います」

「ボス、こいつはどうしやす？」

「じゃあ、俺が洗うからレオは持ち上げてくれる？　そうしないと、砂がついちゃうから」

「了解っす」

「では、私は鉄板を用意させよう」

「はい、お願いします」

それぞれが、行動を開始する。

そして、オクートを洗い終える頃には、丁度良いタイミングで準備が整う。

セシリアさんが道具や人を素早く手配してくれたおかげだ。

これで貸し切りバーベキューができるぞぉ〜!!

「セシリアさん、ありがとうございます。何から何までお任せしてしまって」

「いやいや、これくらいの便宜は図らないと。そうでないとマルス殿の功績に対して割に合わん」

ふふふ、やっぱり良いことはするものだね！

なにせ、今回は俺達がすることは何もない。

全部、他の人がやってくれるからだ……ダラダラ万歳！

そして、すぐに磯《いそ》のいい香りがしてくる……ホタテや、タコの焼ける匂いが。

「くぅ〜！　これこれ！」

「マルス様……まだですか？」

「気持ちはわかるけど、あの貝が開かないとダメなんだよ。というか、尻尾が揺れすぎだから」

「ほ、ほっといてください！」

まあ、この香りじゃ仕方ないよね。

何より、今日はずっと動いているし。

「そうなんですの？　相変わらず、よくわからない知識はありますわ」

「はは……まあね」

「とにかく腹が減りやしたね。流石に、闘気を使いすぎましたぜ」

そんな会話をしていると……ホタテ貝の口が開く。

調理人の人が、そこに醤油を一滴垂らすと、一瞬で香ばしい香りが鼻を通り抜ける！

「「「……………ごくり」」」

その時、間違いなく全員の心は一致した……早く食べたいと。

「ふふ、そんな顔をするな……よし、マルス殿。まずは功労者であるお主から食べてくれ」

「わかりましたっ！　いただきます——んっ〜！」

熱々のホタテを口いっぱいに頬張ると、じゅわっと旨味が出てくる！

「はふはふ……美味しいですわ！　ちょっと、見た目はアレですけど」

「そうですね。でも、めちゃくちゃ美味しいです……もぐもぐ」

「かぁー！　これは酒に合いそうっす！」

「たしかに、そうかも。よし、ライル兄さん用に持って帰ろうっと」

そして次に、味噌を塗ったタコの串焼きを渡される。

まだ湯気が出ているそれを、がぶりと食いちぎる！

「うみゃい！　味噌が香ばしくて良い！」

「んっ！　これは……止まりませんね。噛めば噛むほど、味が出てきますし」

「んっ〜！　コリコリしてて食感が楽しいですわ！」

「これも酒に合うっす！」

俺は串焼きを食べつつ、海の方を見る。

そこには、青空と綺麗な海の風景が広がっていた。

そして左右には、水着の可愛い女の子がいる。

「ふふふ、これがリア充ってやつか」

「はい？」

「どういう意味ですの？」

「い、いや、なんでもないよ。毎日、こういう日々を過ごせたら良いなーって」

「……まあ、否定はしません。こうして、食べたり遊んだりするのは楽しいですから」

「そうですわね。水着は、もう着たくないですけど」

「それには同意ですね」

「ええっ!?　それは困る！」

「「……ふふ」」

俺がそう言うと、二人が顔を見合わせて微笑む。

「仕方ないですね。では、また着られる時が来たら着てあげますから」

「そうですわね。ただし、そのためにはきちんとお仕事をしないとですよ？　きちんと交流をして、街道整備をして行きやすくしないとですし」

「ぐっ……仕方ない、帰ったらやるとしますか」

早くダラダラしたいけど、水着と美味しいご飯には抗えない。

よし！　またシルク達の水着を見るために頑張るぞ〜！

我ながら、単純なマルス君でした……まあ、男子なんてそんなものだよね？

三十二話

それから数日間、ひたすらダラダラと過ごし……別に良いよね？

というか、元々はそのつもりだったし！

帰り支度を済ませた俺達は、王都の前に集合する。

「これで良しと！」

馬車に荷物を積み込んだ俺は、とても満足である。

米、ワイン、冷凍した魚介類、お酢……ひとまずオッケーかな。

「じゃあ、レオ。荷物のある馬車は任せるよ」

「へいっ！」

「では、私がもう片方の御者をやりますね」

「うん、お願い」

レオとリンが、それぞれ準備を済ませたら……。

「では、俺達はこれで」

「お世話になりましたの」

俺とシルクで、別れの挨拶をする。

「うむ、色々と世話になった。マルス殿、感謝する」

「いえいえ、私の方こそ。少し騒動はありましたけど、楽しかったです」

「すまんな。何も問題ないように見えるが……この国にも、色々あってな」

……まあ、それはそうだろうね。

客人である俺達には、綺麗なところしか見せてないだろうし。

「何処の国も同じということですか……何かお困りのようなら、いつでも仰ってください。俺にできることなら、手伝いますので」

「おおっ！　そう言ってくれるか！」

国王様が俺に近づいてくるが……その時、シルクの手が遮る。

「マルス様、そういうことは軽々しく言ってはいけませんわ」

「うむむ……やはり、オーレン殿の娘さんだ。交渉の時といい侮れんな」

そうだった、こういう人だった。

うーん、やっぱり俺には政治は向いてないなぁ……。

「ごめんね、シルク」

「いえ、私は、そういうマルス様だから……コホン！　足りない部分は私が補いますの」

「うん、シルクがいてくれて助かるよ」

「えへへ……」

「なるほど、これは色々な意味で手強《てごわ》い」

すると、セシリアさんが前に出てくる。

「だから、父上……その間に入るのは無理ですから」

「しかしなぁ……まあ、とりあえず頑張れ。というか、のんびりしてくるといい」

「ええ、そうさせてもらいます。マルス殿、シルク嬢、よろしく頼む」

「「はい??」」

「急なことで驚いているが、私が交流会の先遣隊ということらしい」

ナニィ!? 王女自ら視察ってこと!?

たしかに、その方が物事はスムーズにいくかも。

「シルク、どう思う？ 俺としては受け入れたいと思うけど……」

「そうですわね。私の個人的な感情は抜きにして、これ以上ないくらいの人選ですわ」

「うむ、余は此奴《こいつ》に全権を委ねておる。もちろん確認の手紙は出してもらうが……セシリアと決めたことが、この国と決めたことだと思ってくれて良い」

シルクに目線で確認すると……コクリと頷く。

「では、お受けします」

「うむ、よろしく頼む。最悪愛人でも良い——ぐはっ!?」

国王様が腹パンを食らった!?

「父上、おふざけがすぎます……まったく！」

「し、しかしだな、お前が誰かと添い遂げないと……色々と問題が……」

腹を押さえつつも、何やら必死で訴えている。

うーん……何か、他にも事情がありそうだね。

「わかってます。とりあえず、この国から出ていけば色々収まるでしょう。幸い、マルス殿が協力してくれましたから」

「う、うむ……マルス殿、セシリアをよろしく頼む」

「は、はい……といっても、俺では無理ですけどね」

「安心してくれ。私は静かに暮らせれば良い」

そうして、セシリアさんも馬車に乗り、いよいよ王都を後にするのだった。

そして、その道中にて……。

「さて、軽く説明をしておこう」

「はい？」

「この国の内情についてだ」

「私も良いのですか？」

「ああ、国防を担うオーレン殿の娘さんなら問題あるまい」

俺とシルクは頷き、聞く姿勢をとる。

「まずは、この国をどう思った？」

「どうって……良い国だなと思いましたが」

「そう見えていたなら、我々の誤魔化しも成功ということか」

「えっと……」

「実は な……思ったより、我が国の状況は良くないのだ」

「えっ？」

そしてセシリアさんが話してくれた。

ここ数年凶悪な魔物や魔獣により、歴戦の強者達がいなくなってしまったこと。

それによって、農作物や海産物などの収穫量が激減していたこと。

そして食材が不足して、段々と人々も飢えてきていると。

このままではまずいと思い、対策を考えていたところだったらしい。

「そうだったんだ……」

「なるほど、それを見せないようにしていたと」

「ああ、みんなで準備をしてな。あるものを全て出したりして」

「何故ですか？」

「国としての弱みを見せないためと……何かが変わるかもしれないという、淡い期待をしていたな。何せ、交流自体が数十年ぶりだ」

そっか、うちの国も両親が死んだことでバタバタしてたし……。

「あっ——じゃあ、こんなにもらってはまずいのでは!?」

「いや、それは受け取ってほしい。住民達も、マルス殿にならあげていいと言っている。何せマルス殿は、予想以上の結果を出してくれた」

「そうですか？」

「おいおい、自分のしたことを考えてくれ。シーサーペントとクラーケンを倒し、魔石を提供してくれた。これで、今の者達でも安全に狩りができる。いずれ、あげた分以上に獲れるだろう」

そっか、奴らさえいなくなれば……そんなつもりはなかったんだけど。

「なるほど……」

「それに、これからの交流会次第では、さらに発展することができるかもしれない。だから、父上も……私をマルス殿に当てがおうとしたのだ。許せとは言わないが、父上も必死だったということは理解してほしい」

「わかりました。では、双方良いかたちになるように頑張っていきましょう」

「ああ、よろしく頼む」

一部だけど、俺はセレナーデ国の内情を知った。

やっぱり、どの国も大変なんだね。

仕方ないね、ここはお米や魚介類のためにも……交流を深めていかなきゃね！

三十三話

そして数日後、俺達は辺境都市バーバラに帰還する。

疲れたので、のんびりダラダラしようと思ったのに……早速、死の危険。

ある意味、いつも通りにねっ！

「マルスゥ～！」

「く、くるしぃ……！」

「姉貴！　いい加減やめろって！」

「うるさいわねっ！　私は――マルスに会う度に抱きしめたいのよっ！」

えっ？　俺……出かける度に死にそうにならなきゃいけないの!?

「あれが噂の灰塵のライラ殿か……なるほど、相当な魔力量の持ち主だな」

「あら？　見慣れない女性ね。いや、その風貌と雰囲気……へぇ」

「ね、姉さん！　紹介をしないと……！」

「あら、ごめんなさいね。ふふ、マルスが中々帰ってこないのが悪いのよ？」

「すまぬ、私のせいかもしれない」

セシリアさんのおかげで、俺は解放されるが……姉さんの目が怖い。

「何ですって……？」

「ね、姉さん！　これは！」

「マルス、黙ってなさい。これは、私とこの方の話し合いです」

「は、はい……」

姉さんの冷たい視線に、俺達は……その場で凍りつく。

「ふむ……まずは、私が名乗るのが礼儀だろう。お初にお目にかかる、フリージア王国が王妹、灰塵のライラ殿。私の名は、セシリア＝セレナーデだ」

「そう、貴女が有名な青薔薇姫なのね。何でも、水魔法と巧みな剣技を操るって噂の……知っての通り、ライラ＝フリージアよ。それで、マルスの嫁になりに来たの？　もしくは、マルスを婿に？　もしそうなら……フフフ——カクゴシナサイ」

姉さんの背中から黒いオーラが見える……！

「残念ながら振られてしまったよ。この地には交流しに来た」

「交流……？」

そこで、ようやく姉さんの気配が和らぐ。

なので、安心して説明する。

「なるほど……その国王様とは少し話がしたいわね」

「か、勘弁してくれると助かる。父上も反省しているのだ」

「まあ、いいわ。こちらとしても有益な話ですし」

「ああ。こちらとしても、是非協力していきたいと思っている」

そして二人が握手を交わし、そのまま都市の中へと歩いていく。

ほっ……どうなるかと思ったけど、ひとまず安心だね。

「マルス様、良かったですわね？」

「本当ですよ。もし手を出していたら……」

「……うん、そうだね」

姉さんとオーレン殿からひどい目にあうところだったね。

「ボス……」

「どうしたの？」

「ライルさんが……ずっと棒立ちしてるぜ？」

俺がライル兄さんを見ると、たしかに放心しているようだ。

「兄さん？」

「なんと……美しい」

「あの～ライル兄さん？」

「マルス!!」

「ひゃい!?」

急に肩を掴まれ、揺さぶられる！

「あの綺麗な女性は誰だ!?」

「だ、誰って聞いてなかったんですか？」

「誰かと聞いてる！」

「いたたっ！」

肩外れちゃうよぉ!?

「失礼――セァ！」

「マルスに何してんのよ！」

「ぐはっ!?」

遠くから火の玉が飛んできて、ライル兄さんに直撃する！

さらに、リンの正拳突きが炸裂《さくれつ》する！

「あっ――随分と吹っ飛んだね」

防御をしなかったのか、五メートルほどぶっ飛んで……地面に転がっている。

「な、何事だ!?」

びっくりしたのか、セシリアさんが引き返してくる。

「「「あっ、お気になさらずに」」」

ライラ姉さんを除く声が重なる。

「なに!?　しかし……燃えているぞ!?」

「気にしなくて良いわ、いつものことだから」

そして、兄さんが立ち上がり、セシリアさんに近づく――尻が燃えたまま。

「なんとお優しい人だ。安心してください。こんな炎――俺の燃える心の炎に比べれば、なんてことはありません」

……なに言ってんの？　この尻が燃えたままキリッとしてる人？　アホなの？

「そういうわけにもいかん！　清涼なる水よ！」

すると、水の球が出てきて、ライル兄さんの尻の火を消す。

「ふっ、こんな水では――俺の燃え盛る心の炎は消えないぜ」

「な、なにを言っている!?」

あれ？　頭の打ちどころがやばかったかな？　いよいよおかしくなった？

「この……愚弟《エアバレッド》が!!」

「グヘッ!?」

空気の弾丸がライル兄さんに直撃して……ボールのように飛んでいく！

「な、なんだ？　なんなんだ？」

「「「ごめんなさい」」」

再び、ライラ姉さんを除く声が重なる。

「まったく！　本当に気にしなくて良いわ。あいつはバカだから。ほら、行きましょう」

「あ、ああ……たしか、第一王位継承者じゃなかったか？」

「「「本当にごめんなさい」」」

そんな会話をしつつ、今度こそ二人がバーバラへ入っていく。

「な、なんだったんですの？」

「よくわかりませんが……まあ、いつも通りといえばいつも通りですね」

「ボス、アレはどうしやす？」

「ついにはアレ呼ばわり……いや、もうアレで良いよね。はぁ……仕方ない、俺が連れていくよ。

みんなは先行ってて」

みんなを先に行かせ、ゆっくりと近づく。

「兄さん〜生きてます？」

するとと、急にガバッと起き上がる。

「マルス！」

「はい！　落ち着いて！　どうどう！」

「お、おう……お前の嫁さんじゃないんだな？」

「はい？　え、ええ、違いますね」

「うし！　あんな衝撃は初めてだったぜ！　思わず死ぬかと思ったほどだ！」

うん、普通の人なら死んでるけどね。

「そ、そうですか」

「良い女だ……おっしゃー！　俺はやるぜ〜！」

そう言って、走り去っていく。

どうやら、ライル兄さんに……少し早い春が来たようです。

三十四話

いやぁ、大変だったね。

あのバカ兄……ライル兄さんが、セシリアさんに突撃するから。

あの後、みんなで部屋に集まったのは良いけど……はぁ。

◇

「それでご趣味は?」

「い、いや、剣術ばかりをしてきたのでな……」

「それは素敵です。では、是非お手合わせを——ぐはっ!?」

兄さんは、再び空気の弾丸をくらい、ゴムボールのように跳ねていった。

「まったく話が進まないわ！　誰か！　このアホを連れてって！」

「ベア！　レオ！　ライル兄さんを別室へ！　力ずくで押さえつけといて！」

「へ、へいっ！」

「お、おう！」

「ヨルさんとマックスさんは、その部屋を見張って！」

「「は、はいっ！」」

大男二人が兄さんを押さえ込み、無理矢理引きずっていく。

「お、おい⁉　やめろ！　舐めるなよ……なに⁉　いつの間にこんな力を⁉」

兄さんは振り払おうとするが……どうやら、難しいらしい。

「へへ、オレ達だって鍛錬してるんだぜ。これが、本来の獅子族の力さ」

「ふっ、熊族もな。というか、お主がおかしいからな？　獣人族随一の力を持つ獅子族と熊族二人掛かりじゃないと無理とか……人間とは思えん」

なるほど……あれから一ヶ月以上経ってるから、本来の力が戻ってきてるんだ。

「ク、クソォォ――――！　恩を仇《あだ》で返すとは！　こんなことなら鍛えるんじゃなかったぜ！」

「へへ、オレの主人はボスなんでな」

「そういうことだ、悪く思わないでくれ」

「オ、オノレェエ――――‼　あとで覚えてろよォォ‼!」

三流悪役みたいなセリフを吐いて、ライル兄さんは消えていった……。

◇

的なことがあったからね……とりあえず、これでようやく話ができる。

「コホン！　愚弟がごめんなさいね」

「い、いや……マルス殿といい、随分と楽しいご兄弟なのだな」

「アレと一緒にされるのは嫌ですけど」

「あんなのと可愛いマルスを一緒にしないで」

「ははっ！　仲が良いという噂は本当だったのだな」

そう笑った後、少し暗い顔をする。

何だろ？　もしかして、妹達とは仲が良くないのかな？

前の世界でも、三姉妹は上手くいかないって聞いたことあるけど……。

まあ、今はそこまで踏み込む関係じゃないし……ひとまず保留かな。

「さて、交流って話だったわね？　あと、今更だけど敬語を使わなくて良いかしら？」

「ああ、問題ない。というか、私の方が苦手だ。何より、年齢も大して変わらない」

「そうよね。とりあえず、詳しい話をお願い。マルスが色々とやらかしたみたいだけど……」

「ああ、実は……」

セシリアさんが、細かい説明をすると……。

「はぁ……マルス」

「は、はいっ！」

姉さんの顔は……無だった。

ど、どっちだ？　怒られる？　褒められる？　それとも……ガクガクブルブル。

まさに俺は、閻魔大王《えんまだいおう》の審判を待つ身の気分だった……天国か、地獄か。

「色々と言いたいことはあるわ」

「は、はぃ……」

「他国で勝手に大技の魔法を放ったり、報酬も決めずに魔獣退治をしたり、交流することを勝手に決めたり……」

「ご、ごめんなさい」

そ、そうだよね。

俺自身は間違った行動をしたつもりはないけど、国としては問題になるよね。

「というのは、王族であるライラ=フリージアとしての言葉よ」

「へっ？」

「ただの姉としては……マルス、貴方の行動は嬉しく思うわ。良くやったわ、偉いわね。きっと、お兄様もそう言ってくれるわ」

そう言って、優しく頭を撫でてくれる。

そうだ……たまに暴走するけど、厳しいけど優しいお姉ちゃんだったね。

というか、天国で良かったァァ！

「ライラ姉さん……」

「でも、あまり無茶しちゃダメよ？　お姉ちゃんは心配ですからね？」

「は、はい！」

「なら良しとするわ。リンとシルクもご苦労様ね。マルスの世話をしてくれて感謝するわ」

「いえ、それが私の使命ですから」

「そこを補うのが、私の仕事だと思ってますの」

二人が、ほぼ同時に言う。

「ありがとう、二人とも」

「ふふ、良い子達ね」

「なるほど、私が入り込めないわけだ」

「キュイ？」

すると、シルクに抱かれたルリが目を覚ます。

「あら、やっと起きましたの」

「キュイー！」

「本当によく寝ますね」

「でも、少し大きくなったよね？」

もう、俺の肩には乗れないサイズになってる。

大体、三十センチってところかな。

ドラゴンの成長速度とかわからないけど、元が大きいから、すぐに大きくなりそう。

もしかして、そのうち俺を乗せて空とか飛べるんじゃゃ？

「ルリ！　早く大きくなって、俺を乗せてくれ！」

「キュイキュイ！」

「でも、小さい方が可愛いですわ」

「ですが、大きくなればお空でデートとかできますよ？」

「はっ……素敵ですの」

「コホン！　さて、タイミングも良いわね。ひとまず、詳しい話し合いは明日以降にしましょう。

私が部屋に案内するわ」

「ライラ殿自らが……かたじけない」

「仕方ないわよ。ここは男が多いし、その二人はマルス専属だから。それに……」

「ん？　何だろうか？」

「貴女と話すのは新鮮だわ……あまり、気軽に話してくれる女性はいないから」

「ふふ、そうか。では、お茶でもどうだ？」

「あら、良いわね」

そんな会話をしつつ、二人が部屋から出ていく。

そういえば……姉さんって、あまり友達はいないんだよね。

割と自分にも他人にも厳しいから、貴族のお嬢様とは合わないし。

仲が良いとはいえ、シルクとリンはあくまでも臣下の立場だし。

どうやら、姉さんに友達ができそうです。

「うんうん、色々あったけど……ひとまず、一件落着かな？」

え？　兄さんはだって？　……しーらないっと。

三十五話

……あの、マルスがねぇ。

ようやく、少し慣れてきた部屋で、私は机の上で書き物をする。

「お兄様に、色々と報告しないとね」

ここに来てから色々なことがあった。

マルスの魔法、知識、人望……優しいのは知ってたけど。

「魔法の総量は私を遥《はる》かに超え、技術もすぐに上回るでしょうね。頭の悪い子だとは思ってなかったけど……まさか、あんなに色々と知っているとは思わなかったわ。それに、自分なりに考えたり。私達に気を遣ってたのかしら？　これじゃ、お姉ちゃん失格だわ……お母様、ごめんなさい」

私の脳裏に、幼き日の光景が浮かんでくる。

◇

……あれはいつだったかしらね？

マルスが二歳くらいで、私が十歳くらいかしら。

別宅にある庭の中、ロイスお兄様を除く四人で、よく遊んでいたわね。

別に、お兄様を仲間外れにしてたわけじゃなくて……。

お兄様は王太子として、すでに父様のお手伝いをしていたから。

なので、私が二人の面倒を見ていたわね。

「おい！　マルス！　そっちに行くなよ!?」

「あいっ！」

「いや、わかってねえし！」

大体、ちょろちょろ動くマルスを、ライルが追いかけていたっけ。

そして、私は縁側でお母様とお茶をして……それを幸せそうに眺めていた。

「ふふ、マルスとライルは今日も元気ね」

「ライルはうるさいだけです。言葉遣いも雑だし、でかいし可愛くないし」

「あら、そんなこと言って……昔は、ライルは可愛い、私はライルのお姉ちゃんって言ってたのに」

「お、お母様！」

これは黒歴史ね……初めて弟ができたことで勘違いしたんだわ。

たしかに、ライルも小さい頃は可愛かったけど。

あいつってば、すぐに私より大きくなるし、生意気だし……フン。

「ごめんなさいね……」

「えっ？　どうして謝るの？」

「貴女一人が女の子で、色々と寂しい思いをさせてるわ」

たしかに、そう思ったことがないといえば嘘になる。

生まれ故に、対等な関係の女友達はいなかったから。

正直言って、マルスが男の子だと聞いてがっかりしたくらいに。

「ううん、平気よ。ライルはめちゃくちゃ生意気だし、お兄様は少し小言がうるさいけど……マルスがものすごく可愛いもの」

そう、初めて会った時、黒髪黒目で……そのくりっとした瞳にやられたんだわ。

あっ——可愛いって思ったのよね。

でも最初は、それだけだった。

ただ、可愛がれば良いって……でも、今は違う。

「ふふ、良い子ね」

「べ、別に……それに、お母様がいるもの」

「あら、嬉しいこと言ってくれるわね。じゃあ、今度服でも見に行きましょうね」

「あ、頭を撫でなくて良いから！　あと、別に服もいいし」

「そんなこと言って、本当は嬉しいくせに～」

「も、もう！　知らないっ！」

そして、私に言ったのよね。

「でも……私は貴女より先に死んでしまうわ」

「お母様!?」

「それは幸せなことなのよ。順番通りにいけるっていうのは……そうじゃない人が、世の中には一杯いるのよ」

「わかってるけど……」

「だから……もし、私がいなくなったら貴女にはマルスをお願いね。あの子は少し変わってるけど、何か特別な感じがするのよ。黒髪黒目であることとは、別の意味でね」

もしかしたら……お母様は、何かに気がついていたのかもしれない。

これが、母の勘ってやつかしら？

「そうなの？」

「ふふ、貴女にだけは言っておくわね。ロイスは頭が硬いし、ライルは……うん、アレじゃない？」

「バカだからね」

「もう！　人がせっかく言葉にしなかったのに〜」

「いや、お母様。流石に、それは無理があるわ」

「ま、まあ……貴女は頭も良いし、人の機微にも聡《さと》いわ。少し自分にも他人にも厳しいけど……本当はとっても優しい子なの」

そうだ、みんなが私を冷たいとか怖いとか言ってくるけど……お母様だけは、そう言ってくれた。

「そ、そんなこと言うのは、お母様くらいよ」

「ふふ、不器用さんだものね」

「むぅ……」

「王家唯一の女の子として、貴女には苦労をかけちゃうと思うけど……ライルやマルスのこと、よろしくね」

「マルスは良いけど、あのライルも？　……仕方ないわね」

「ありがとう、ライラ……私の可愛い娘」

そして……それから間もなく、お母様とお父様は亡くなった。

三人が泣く中、私だけは泣かなかった。

私が、お母様の代わりになろうと決めたから。

お兄様の地位を確立するために、私は魔法を極めて史上最年少で宮廷魔道士になった。

お馬鹿なライルを騎士団に入れるため、アレコレと手を回した。

そして、お母様に代わって……マルスを育てると決めたのよね。

◇

「でも……もう、それも必要ないのかもね」

マルスは、立派な子に成長してくれた。

優しいままに、強くなって……もう、私がいらないくらいに。

「シルクとリンっていう、素敵な女の子もいるしね」

もう、私の役目は終わったのかな？

「まあ、マルスが可愛いことには変わりはないけど」

すると、扉がノックされる。

「そういえば、呼んでたわね」

「ライラ殿、良いだろうか？」

「ええ、良いわよ」

扉を開けて、セシリアが入ってくる。

「約束通り、お茶しに来たよ」

「ええ、いらっしゃい」

席に着いて、用意した紅茶を飲む。

「なっ——お、美味しい……！」

「ふふ、でしょ？　マルスがハチミツを取ってきたから」

「なるほど、これは美味しい。マルス殿は、つくづく規格外だな」

「中身は普通の子なんだけどね……」

「ああ、それはわかる。あそこまで捻じ曲がっていない王族がいるとは」

ほんと、良い子に育ってくれたわ……お母様に見せたかったなぁ。

うーん……不本意だけど、あいつも私の弟には違いないか。

お母様にも、頼まれたことを思い出しちゃったし。

「そうね。でも、ライルも悪い子じゃないのよ。少しおバカだけど、真っ直ぐで人を差別したりしないから」

「ふふ、やはり仲が良いのだな？」

「そ、そんなんじゃないわよ。まあ……嫌じゃなければ、少し相手してやってちょうだい」

「嫌なことなどないさ。あんなに真っ直ぐに言われたのは初めてだしな」

あら？　意外と悪くない反応ね。

でも、よくよ考えてみれば……そうかも。

私もそうだけど、真っ直ぐに言ってくる男性なんかいないし。

仕方ないわね……愚弟のために、少しは協力してあげますか。

私は、あいつらのお姉ちゃんだしね。

三十六話

セレナーデ国から帰ってきた翌日、俺は早速準備に取りかかる。

本当は報告とか聞かないといけないんだけど。

姉さんが、一日はのんびりして良いって……。

「ひゃっほー！　休みだ休み！」

「師匠、何を作るんですかぁ？」

はい！　というわけで、お寝坊さんの俺は、お昼過ぎまで寝て……軽く食べた後、ただいま厨房にて調理をするところです！

といっても、これは夕飯用だけどね。

「ふふふ……白米を炊くのさ！」

「僕、言ってくれたらやりましたよ？」

「シロ、ありがとう。でもね……白米は、炊く間も含めて楽しむんだよ！」

「はい??」

まあ、百聞は一見にしかずというし。

「まずは、やってみよー！」

土鍋にすすいだ白米を入れて、まずは吸水させる。

こうするとふっくら甘くなるからね！

「その間に、汁物を用意しよう」

「これ、なんですか？」

「セレナーデで手に入れたアサリってやつだよ」

「ふぇ〜初めて見ました！」

「俺も、この……うん、文献以外では初めてだね」

アブナイアブナイ、この国では見たことない人の方が多いし。

「これも、師匠の氷魔法のおかげです！」

「そうだね。こういうものって、本来は日持ちしないから」

「ほんとですよね！」

さらには、アレも昨日から常温解凍しておいたし。

「これを本来は、塩水で砂抜きをして……」

「ふんふん……」

「あっちの人が砂抜きした物を送ってくれるけど、これも一応覚えといて」

「はいっ！」

シロは一生懸命にメモをとっている。

「それよりも大事なのは、米の吸水の方だから。そうしないと、米の真価が発揮されないんだ」

「なるほどです。それで、こんなに早めに準備するんですね」

「そうそう。いいかね、シロ――下準備も含めて料理なのだよ」

そう言い、自慢げにドヤ顔を決める。

「ふぁ〜勉強になります！」

すると、とても眩しい笑顔を返される。

……別に俺が考えたわけじゃないし、少し罪悪感が出ちゃうね。

本当なら、偉そうに言わないでくださいとか言ってほしいところだ。

「でも……いい子だね、シロは。うん、そのままでいいや」

可愛いので、思わず頭を撫でてしまう。

「ふえっ？」

ふっ……ツッコミを欲しがるとは、俺の心も汚れちまったもんさ。

すると、後ろから相方が現れる。

「何してるんですか？」

「やあ、ツッコミのリン」

「誰がツッコミのリンですか。別に好きでやっているのではなく、マルス様が変なことばかりするからです」

「まあまあ、良いじゃないの」

「それは貴方が言うセリフではないです」

「おおっ、冷静なツッコミ……！」

「べ、勉強になります！」

「し、しなくて良いですから！　それより、出かける準備が整いました」

「じゃあ、出かけるとしますか。シロ、任せても良い？」

「はいっ！　いってらっしゃいませ！」

シロに下ごしらえを任せつつ、米を吸水している間に都市の中を散策する。

リンとルリ……そして、ラビである。

つまりは、ルリ散歩である。

「キュイ！」

「ま、待ってぇぇ～!?」

「キュイー！」

「お、追いかけっこじゃないよぉぉ～！」

飛んでいるルリを、必死にラビが追いかけている。

ルリは成長したからなのか、シルクの腕から飛び出して、あちこちに行きたがるようになった。

「だから、昨日の夜話し合いをしてラビが自ら志願して、世話係をするって言ったんだけど」

何とも微笑ましい光景だね……うん、ほっこりするわ。

「ふふ、平和ですね」

「うん、そうだね。だって……この光景を見て、人々が笑ってるもん」

人族も、獣人族も含め、みんなが微笑んでいる。

人は心に余裕がないと笑えない。

だから少しずつだけど、良くなってるんだよね？

その後、農地を見て成長を確認したり、魔法使い達の成長を確認したり……。

色々な場所に行き、帰ってきたことをみんなに知らせていく。

さらに、本日の宴のお知らせをする。

散歩が終わったら、部屋に帰ってルリとラビを寝かしつける。

「マルス様、お疲れ様ですの」

「ううん、散歩だしね。というか、シルクも休めば良いのに」

シルクは、今日から書類を確認している……少し罪悪感。

「いえ、十分休ませてもらいましたの。私は、リンやマルス様のように戦う力はありませんから……」

「そんなことないよ。シルクみたいに、裏方で仕事してくれる人の方が立派だよ」

「そうですよ」

「お二人とも……えへへ、ありがとうございます」

すると、ライラ姉さんがシルクの脇を突《つつ》く。

「ふふ、良かったわね？　ついでにお願いでもしてみたら？」

「ふえっ!?」

「なになに？　よくわかんないけど、俺にできることなら言ってよ」

「え、えっと……その……お、お出かけがしたいですの」

「うん？　さっき出かけた時誘った――イタッ!?」

リンに足を踏まれた!?

「な、なにすんのさ？」

「シルク様の顔をよく見てください……そして、考えてください」

もう、一体なんだって言うのさ。

ひとまず、シルクを確認してみる。

両手の人差し指でツンツンしてる……少し俯いてる……あと、耳まで赤いね。

これは……そういうことだろうか？

よし――いけ！マルス！

「……今度、二人で出かけるかい？」

「っ――はいっ！」

すると、顔を上げて飛びっきりの笑顔を見せてくれる。

「で、では！　私は仕事がありますの！」

そう言い、部屋から飛び出していく。

うわぁ……可愛い……どうやら、正解だったみたい。

「マルス、良くやったわ」

「マルス様、成長しましたね」

「ふふふ、もっと褒めても良いんですよ？　俺は褒められて伸びるタイプです」

そっかぁ……そういや、デートとかってしたことないや。

その後、気持ちを切り替えて、厨房に戻る。

そう、いよいよ仕上げの時である。

「まずは、昆布を水から煮出します」

「どうしてですか？」

「そうすることで、旨味と風味が増すからです。この時、決して沸騰させてはいけません」

「ふんふん……」

「では、米を炊いていきます」

「こっちも平気です！」

大量の土鍋を用意して、そこに米を入れたら、火を入れていく。

次に氷を入れたボウルを用意する。

「昆布の出汁を取ったら、一度冷やします」

「えっ？」

「こうすると旨味が凝縮されるんだよ」

「へぇ～！」

「次は、ボウルに解凍したアサリの出汁汁を入れて……」

「ふんふん……」

「これに冷やした昆布出汁を足していく」

「うわぁ……良い香りです！　こう、鼻に抜ける感じです！」

多分、海の香りってことだよね……そのうち、みんなも連れていきたいね。

その後、蒸し状態になった土鍋を移動させる。

そしたら、仕上げに……。

「昆布とアサリの出汁汁を合わせたものに味噌を入れて、刻んだネギを入れたらアサリの味噌汁の完成です！」

「お肉の出汁とは全然違う香りがします！」

「ふふ、そうでしょ？　さあ、これも持っていこう」

あっちで手に入れた味噌は、使いやすくて良いよね。

今までのは麦味噌や豆味噌だったけど、これは米味噌に近いし。

大量に作ったそれらを広場に持っていき……。

「みなさん！　長い間留守にして申し訳ありません！　お詫《わ》びといってはなんですが、お土産を用意しました！　どうぞ、食べていってください！」

『おおぉぉ――――!!』

その場は従業員に任せて、シルクとリンと食事をとる。

米を炊いた土鍋の蓋を開けると……湯気とともに、ふんわりと甘い香りがする。

「いただきます――――うみゃい！」

「な、泣いてますの？」

「たしかに美味しいですけど……」

日本人にとって、炊きたては特別なんだよぉ～！

「これで味噌汁を飲む……あぁ、出汁が効いてて優しい味だ……生きてて良かったぁ」

出汁を飲むと、日本人で良かったって思うよね！

「これは美味しいですわ」

「私は肉の出汁の方が好きですね」

「まあ、そこは好みがあるよね」

さて、メインディッシュはこれからさ。

「この白米に……イクラの醬油漬けを載せ――かき込む！」

ァァァ！　冷えたイクラと温かい米のマッチング！　これが良いんだよ！

「これ……ぷちぷちして美味しいですの！」

「むっ……これは癖になる感じですね」

「白米が無限に食えるからね！」

すると……餌にかかったようだ。

「マ、マルス殿！」

「やあ、セシリアさん――来ましたね？」

フフフ、来ると思っていたさ。

何故なら、見たところ——あちらにイクラはないだろうからね。

「こ、これは素晴らしい……！　温かい米の上に冷たいコレを置くことで、口の中で絶妙にとろけていく……是非、我が国にも！」

「ええ、これから生息地を調査する予定です。その代わり……」

「ああ！　白米や海産物は任せておけ！」

よし！　作戦は成功だ！

これで、ウィンウィンの関係になっていけば良いんだよね！

三十七話

……ふぅ、少し疲れたな。

「さて、ルーカス……次の仕事はなんだ？」

「民の食糧難についての報告ですな」

「なるほど。相変わらず、高位貴族どもは出し渋っているのか？」

奴らは、俺を青二才だと舐めているからな。

たしかに、俺が生まれる前から働いている奴らだ。

そう思うのも、無理はないか……まあ、俺とてこのままでは済まさんが。

ようやく、アトラス侯爵家のローラとの結婚も決まった。

これで、後ろ盾とともに改革を進めていければいい。

「ええ、自分達の生活が優先だと思っております。民達には、余った食材でもあげれば良いと。その民がいないと困るのは、自分達ということに気づいておりませんな」

「バカな奴らだ。持って生まれたものを自分の偉さと勘違いし、好き勝手に生きている。自分の身を削って民に奉仕しろとは言わないが……無駄な贅沢は勘弁してほしいものだ」

まあ、オーレン殿のような貴族は珍しい部類だしな……さて、どうするか。

「そうで……むっ？　誰か来ますな」

宰相の言う通り、足音が聞こえてくる。

そしてすぐに、ノックの音がする。

「国王陛下、バランでございます。ライラ様よりお手紙が届いております」

「なに？　ルーカス」

ルーカスが頷き、手紙を受け取る。

「こちらです」

「うむ」

俺はその手紙を、受け取り……中身を確認する。

「なになに……あいつ、帰る気ないな？」

どうやら、辺境生活が随分と楽しいらしい。

手紙の端々にマルスに髪を乾かしてもらったとか、マルスが美味しい食事を作ってくれたとか……まあ、あいつには苦労をかけた。

しばらくの間は、好きにさせてやるか。

その先を読み進めていると……無視できない内容を見つける。

「むっ……なに？　マルスめ、勝手なことをしおって」

「如何なさいましたか？」

「マルスが、南にある国セレナーデに向かったと書いてある」

「なんですと？　その目的は？」

「なんでも……いや、見た方が早いな」

ルーカスに手紙を渡し、その間に思案する。

まったく、白い米が欲しいから他国に行く？

相変わらず、変な奴だ。

そもそも、領主がいなくなってどうする？　やはり、一度叱りつけるべきか？

「いや、前もそれで失敗したではないか」

俺の欠点はわかっている。

少し頭が硬く、物事を決めつけてしまいがちだ。

ふむ……もしかしたら、マルスなりの考えがあるのかもしれん。

「なるほど、かの国とは長い間交流が途絶えております。もしかしたら、それを憂いたのでは？」

「お前も、そう思うか……どちらにせよ、胃が痛いことには変わりはないが」

ひとまず、様子を見ることにするか。

◇

それから、二週間くらい経ち……再び、ライラから手紙が届く。

「なになに……なにぃ!?」

「ど、どうなさりました!?」

「マ、マルスが、セレナーデ王国でやらかした……が、良い方向に転がったかもしれん」

ひとまず、ルーカスにも手紙の内容を見てもらう。

「はっ？　あ、あのセレナーデ王国と交流を？　あそこは、我が国とは断交をしていたのに……ヒート？　氷の魔石？　魔獣を退治……しまいには英雄になった？　これは、何が何やらさっぱりですな」

「本当に訳がわからん。というか、そこに書かれていることが嘘じゃなければ、色々と大問題だ。最後には、セレナーデ国の第一王女をバーバラに招待したと……はぁ、お兄ちゃんは胃が痛いよ」

まあ……何を勝手なことをと思いはするが、結果的には良いはずだ。

これで、食糧難が解決に向かうかもしれん。

セレナーデ国王は生前、両親が世話になった方でもある。

「かの王様は曲者《くせもの》ですからな。これは、何か裏があるのかもしれませんぞ？」

「ああ、その可能性もある。手紙には書かれてないが……その王女が、マルスを狙っているとか？」

「なるほど……未だに信《しん》じ難《がた》いですが、類《たぐ》い稀《まれ》なる魔法の才能を欲しがったと？」

「ああ、そういうことかもしれん。俺の方でも、油断しないように手紙を書くとしよう」

「むっ？　どうやら、もう一枚手紙がありますぞ？」

どうやら、衝撃を受けて見逃していたらしい。

再び、手紙を受け取り……。

「なに？　どれどれ……はぁ!?」

「こ、今度は何事ですか？」

「あのバカめ……ライルの奴」

その手紙には、ライルが第一王女に惚《ほ》れてしまったとある。

「これは、どういうことです？　何か、政治的な意味合いがありそうですが」

「まだわからんが……もしや、マルスとライルの仲を引き裂く策略か？」

「ふむ……いかにも、かの国王がやりそうなことではありますな」

「よし、すぐにオーレンに連絡せよ。あいつが一番知っているはずだ」

「御意。たしか、今は王都に来ていたはず」

それから一時間ほどして、オーレンがやってくる。

「国王陛下、何か御用と伺いましたが？」

「うむ、この手紙を見てくれるか？」

「はい……ふむふむ……なるほど……」

全てを読み終えた後、オーレンは考え込む。

俺と宰相が、それを大人しく待っていると……。

「ひとまず、呼ばれた理由がわかりました。かの国王と会ったことがあるのは、今では少数ですからね。さて、状況を確認する必要がございます。私の知る限り、かの国王は曲者でしたから。人当たりも良く、偉そうにしない御仁でしたが……あえて、そう見せているかと」

「うむ……やはり、そう思うか。国王とは、そうでなければやってられん」

「国王陛下、如何なさいますか？　またオーレン殿というわけにも……」

「俺自らが……わかったから、二人とも怖い顔をするな」

俺だって、可愛いマルスに会いたいのに……あいつらばっかりずるくないか？

「では、息子を送るとしましょう。シルクの様子も気になりますし、彼奴ならライル様と親しいですから」

「おおっ！　たしかに名案だ！」

「ですが、少し時間がかかりますが……」

「それは仕方あるまい。むしろ、すまなく思う」

「いえ、今は己の地盤を固める時です」

「……感謝する」

こうして話はまとまったが……疲れたな。

これも、長男の宿命か。

ハァ……弟達よ。

あまり、兄の寿命を縮めないでくれよ？

三十八話

領地に戻ってきてから数日後……俺は、溜まりに溜まった仕事にうんざりしていた。

領主として、確認をしないといけない仕事が多すぎる。

いくら姉さんが代理で仕事をしていたとはいえ、それで俺が確認をしない理由にはならないそうだ。

「いやわかるけど！　俺は領主だから押さないといけない書類があるのは！」

「そうですね、それは仕方ないかと」

「うぅー……誰か代わってよぉ～疲れたよぉ～」

「それはロイス様に言わないと。というか、領主を辞めたらみんなが悲しみますよ？　今やマルス様は、この領地の英雄なのですから」

「期待が重いよぉ～……じゃあ、せめて休憩がしたいです」

俺だって本気で辞めたいと思ってるわけじゃないし。

ここまで来たからには、責任はとらないといけないし。

ただ……それとダラダラしたいって気持ちは別なんだよォォォ!!

「私としては、このままでも良いんですけど……」

「ドユコトー？　それってひどくない？」

「そ、そういうアレではなくて……はぁ、わかりましたよ。少しだけですからね？」

「やったぁ！　よし行こう！」

そして、休憩がてらに廊下を歩いていると……庭で、仲間達が何かをやっている。

「あれは押し相撲かな？」

「そのようですね」

「リン！　俺達も行くよ！」

「はいはい、わかりましたよ」

リンを伴い、俺は庭へと急ぐのだった。

そして庭に到着すると、みんなが俺に気づく。

「ボ、ボス！　これは違うんすよ！　ボスが頑張ってる間に遊んでたってわけじゃなくて……」

「う、うむ！　決してサボっているわけではない！」

「わ、わたし達が悪いんです！」

「ぼ、僕達が二人に頼んでたんです！」

「何言ってるかよくわからないけど——みんなずるいよ！　俺も交ぜてよ！」

その瞬間、四人の顔が『この人、何言ってんだろ？』って表情になる。

「あ、あれ？　おかしなこと言った？」

「マルス様、おそらく闘気の鍛錬をしていたのかと。なので、遊んでいたわけではないですね。身体の使い方とともに、どこに闘気を集中させるか学べますし」

俺が四人に視線を向けると、しきりに頷いている。

「闘気使えないけど俺もやりたい！」

「はぁ、仕方ない人ですね。四人とも、可哀想なマルス様と遊んであげてください」

「ねえ？　リンさんや？　ひとこと余計じゃない？」

その言葉は綺麗に流され、ひとまず準備をする。

その間に俺は、近くでお茶をしていた四人のところに行く。

「みんなしてずるくない？」

「いや、私達も仕事をしてるのよ？　これから始まる事業の打ち合わせとか」

「そうですわ。そのためには、しっかりと相互理解が必要ですの」

「まあ、そういうことだ」

……まあ、それには納得しよう。

たしかに、テーブルの上には書類が並んでいるし。

中身は、俺には理解できないし。

「それで、ライル兄さんは何をしているのかな？　お茶なんて似合わないことして」

「ぎくっ……な、なんのことだ？　俺の趣味はお茶だが？」

そう言い、キメ顔をした。

「「ププッ!?」」

「ちょっ!?　やめてよ！　おかしすぎるから！」

「あははっ！　あぁー、おかしいや」

「……いくらなんでもひどくね？」

「ふふ、仲が良いな」

「ほんとですわ。昔から、仲良しなんですの」

するとリンから準備ができたと声がかかる。

「じゃあ、行ってくるね。そういえば、兄さんはいいの？」

「ああ、さっきやったしな」

「私達はのんびり観戦してるわ」

「怪我だけはしないでくださいませ」

「では、楽しませてもらおう」

俺は頷き、リン達の元に戻る。

「はい、ルールは簡単です。足元に線を引いて、その前に双方が立ちます。その状態から足を動かさずに、手だけで相手を押し出すゲームです。これは体幹やバランス感覚が鍛えられます。それらは、戦いにおいて大事ですから」

「ふんふん、たしかに」

「まあ、マルス様がいますし適当にやりましょう」

「ふふふ、ダークホースかもしれないよ？」

「さあ、やりましょう」

「あの？　聞いてます？」

そして再び俺の言葉は流され、押し相撲大会が始まる……すん。

地面にトーナメントを描き、お手製のクジの番号を引いた結果、まずは俺とシロの勝負となる。

「師匠！　負けませんよ！」

「ふふ、かかってくるが良い！　師匠に勝つ弟子など存在しないのだよっ！」

それぞれ線の前に立ち、試合が始まる。

「えぃっ！　やぁ！」

「あ、危なっ！」

「むぅ！　意外と当たらないです！」

「ふっ、こちとらリンのお仕置きを受けているからね！」

「……なんの自慢ですか」

リンが何か言っているが、今はこっちに集中！

「……そこだっ！」

シロの攻撃をなんとか躱し続け、隙をみて両手で押し出す。

すると、シロが線の後ろに押し出される。

「わぁ!?　……負けちゃった」

「ふふふ、弟子が師匠に勝つにはまだ早いね」

「むぅ！　次は負けません！」

ギ、ギリギリだったよぉ～！　危なかったたっ！
そして、次にラビとベアが戦い……いや、何も言うまい。

とりあえず、ラビが攻撃を仕掛けて勝手に転んで、ベアが困っていたことだけは言っておこう。

「では、オレと姐さんの戦いっすね」

「ええ、そうですね。見せてもらいますよ――獅子族の強さを」

おお！　熱い戦いの予感！

そして、激しい戦いが始まる！

「オ――オォオォ！　くっ！　当たらん！」

リンが華麗に、レオの両手の突きを躱していく！

「甘いですね、レオ。いつも言っているでしょう？　貴方の攻撃には無駄が多いと」

「いやいや！　避けられる姐さんがおかしいんすよ!?」

「いえいえ、まだまだです。そして、仕留める時は一撃で――セァ！」

「おわっ!?　……くそ、負けたぜ」

リンの片手がレオの身体に触れたと思ったら……簡単にレオが吹っ飛んだ。

「うぉぉ！　リンかっこいい！」

「そ、そうですか？　……嬉しいです」

「よし！　次は俺とだね！」

「ふふ、いいでしょう」

俺とリンは線の前に立ち、対峙《たいじ》する。

「どこからでも良いですよ？」

「むむ、舐められてる……ならいくよ！」

俺がリンに触れようとするが、ちっとも当たらない。

というか、当たる気がまるでしないよぉ～！

「どうしました？　もうやめますか？」

「リンが意地悪だし……」

「え、えっと、いや……」

リンがオロオロしてる——今がチャンス！

「そいやっ！」

「くっ!?」

「……へっ？」

咄嗟に突き出した俺の手は……リンのたわわな果実に触れていた。

「キャ」

「キャ？」

「キャァァァ!?」

「ベブシッ!?」

俺は思い切り押し出されて、尻餅をついてしまう。

「いてて……」

「あっ、えっ、すみません、でも、これは……あぅぅ」

リンの顔が真っ赤になり、オロオロしている。

これは、流石に俺が悪い。

「い、いや、俺の方こそごめんね」

「い、いえ！　わざとではないとわかってますので……べ、ベア！　次は貴方の番ですよ！」

「う、うむ、承知した」

俺はラビとシロの間に入り、そこで体育座りをして観戦する。

……柔らかかったなぁとか思いながら。

「それでは――いくぞ！」

「くっ!?」

上段から繰り出される突きに、リンが防戦一方になる！

「ふっ、俺はレオとは違うぞ？」

「さ、流石は、熊族ですね……隙がほとんどない」

「あわわっ!?　すごい戦いです！」

「リンさん、負けちゃうのかな!?」

「ふむ……どうだろうね」

ベアが強いのはわかるけど、リンの動きが鈍い気がする。

やっぱり、俺のせいだよね……よし、ならやる気を出させるか。

「リーン！　勝ったら、何でも言うこと聞くよー！」

「へっ？　……何でもですか？」

「まあ、できる限り頑張るよ」

「……わかりました。ベア、悪いですが負けられないようです」

「くく、それは楽しみだ――なっ！」

再び、ベアの突きが繰り出される！

しかし、リンがその攻撃を……上半身の動きだけで華麗に躱していく。

さっきまでとは、まるで動きが違う！

「なに!?」

「これでおしまいです――」

ベアが焦って、少し前のめりになったところに……リンが軽く突きを入れる。

すると、ベアが後ろに倒れていく。

「なっ……」

「ふふ、私の勝ちですね。押し出すのに力はいりません。大事なのはタイミングと、どこを突くかですから」

「……参った。さすがは、最強と言われた種族だ」

「いえ、貴方も強いですよ。今度は、普通の組み手をしましょう」

「ふっ、それも良いな」

リンが手を伸ばし、それを持ってベアが立ち上がる。

「うんうん、これにて一件落着だね！」

「というか、わたし達の訓練……」

「僕達、最初に負けちゃったし……」

そういや、そうだった！

「あっ……ご、ごめんね！　二人とも！」

「えへへ、良いんです。これはこれで楽しかったです！」

「僕もです！　師匠と遊ぶのは楽しいです！」

「それなら良かった。じゃあ、また今度遊ぼうね？」

「「はいっ!!」」

「よし、決まりだね」

その後、俺とリンはその場を離れ……。

「それで、お願いはどうする？」

「そうですね。じゃあ、ついてきてください」

そのまま、リンについていくと……大きな木の下にあるベンチにやってくる。

そこには、ひと気がなく、静かな空間がある。

「へぇ……領主の館の裏側に、こんな場所があったんだ」

「はい、以前はよく使われていたみたいですね。主に、領主が休む場所として。ここは住民からは見えないですから」

たしかに、この周りは高い壁で囲まれている。

領主の館だから、守りの意味でもあるのかも。

「そういうことね。じゃあ、俺もここでサボればいいってわけだ。誰かが綺麗にしてるみたいだし、クッションまで置いてあるね」

「……………」

「リン？」

てっきり、いつものようにツッコミが飛んでくると思ってたのに。

リンは、何やら黙り込んでもじもじしている。

「どうしたの？」

「えっと……私に膝枕をさせてください」

「へっ？　別に良いけど……それがお願いってこと？」

「は、はいっ」

「ふーん、まあ良いや。俺には願ってもないことだし」

「で、では……どうぞ」

先に座ったリンの膝に頭を乗せて、ベンチに横になる。

リンの膝の気持ちよさと、クッションにより、まさしく至福の時間である。

「どうですか？」

「ん？　そりゃ、極楽に決まってるよ。ただ、これじゃあ……俺のご褒美になっちゃうけど？」

「良いんです、私にとってもご褒美ですから。こうして、二人で過ごすことも減りましたし。あっ！　別に、みんなが嫌って訳ではなくて……」

「わかってるから大丈夫だよ。たしかに、最近は人も増えたしね。昔は、二人でよくいたし」

ここ数年の間は、二人でいることが多かった。

だけど、最近はみんなもいるから、その時間が短くはなったかも。

「ええ。だから、こうしたかったんです。ただ、こうやって静かに」

「そうだね、最近は忙しかったたし」

姉さんが来たり、ドラゴンの親になったり、他国に旅行に行ったり……ほんと、色々とあったなぁ。

「あと、私の願いというか……改めて、お礼がしたかったんです」

「お礼？　何かしたっけ？」

「一緒に潜った時に、私を助けてくれたことです」

「ああ、あれね。まあ、水中では刀は使えないだろうし。そもそも、持ってなかったし。それに、良いもの見れたしね？」

「……おかしいですね、それは忘れるように言ったはずですが？」

「わ、忘れました！　たった今、忘れたから！」

アブナイアブナイ、心の中にしまっておこうっと。

もしくは、脳内保存ってやつだね！

「まったく……あなたは、いつもそうですね。いつだって、恩に着せないように振る舞います。それは、出会った頃からずっと」

「そんなことないよ。俺はしたいように生きてるだけさ」

「ふふ、それでいいんです。それが、結果的に皆を笑顔にするのですから」

そう言い、俺の頭を撫でる。

横を向いているから顔は見えないが、触り方で微笑んでいるとわかる。

それがわかり、なんだか気恥ずかしくなる。

「そ、そういえば、なんの話だっけ？」

「助けてくれてありがとうございました。あの時のマルス様は……その、カッコ良かったです」

「へっ？」

カッコいいなんて言われたことないから、びっくりして思わず寝返りを打とうとする。

すると、リンに頭を押さえつけられる。

「だ、ダメです！　横を向いててください！」

「わ、わかったよ」

一瞬だけ見えたリンの表情は、頬が染まり微笑んでいた。

俺は見てないふりをし、そのままお昼寝をすることとする。

こんな日々が続いてくれれば良いと願いながら……目指せ、スローライフってね。

読者の皆様、お久しぶりです。

作者のおとらです。

この度は二巻を買っていただき、誠にありがとうございます。

二巻はわちゃわちゃ感を出しつつ、よりほのぼの感を意識して作成いたしました。

個人的には満足のいく本になりましたが、皆様はどうだったでしょうか？

さて、今回から本格的なあとがきということですが……何を書いていいやら迷ってます。

とりあえず、需要があるのかわかりませんが、作品を作った経緯や身の上話でもしましょうかね。

もしかしたら、ご存知の方もいらっしゃるかもしれませんが、私はコロナがきっかけで小説を書き始めました。

皆様もそうだと思いますが、結果として家にいることが多くなりましたね。

その時に仕事で忙しく積んであったゲームをやったり小説を読《よ》み漁《あさ》り、いよいよすることがなくなり……さて、どうしようかと思い『そうだ、読むものがないなら自分が好きな物語を書いてみるか』と思い立ったというわけです。

そこから色々な作品を書き、自分の好きがわかってきた頃……料理系とかほのぼの、または芯の通った物語が好きだなと実感し、そういった物語を読者さんにも読んでほしいかなと。

自分はウサギを飼っていて、仕事から帰ってきて触れると、ほのぼのとして癒されました。

できれば、そんな風に感じられる物語をと思い、この作品が生まれました。

もし読んだ方が感じてくださったなら、作者冥利につきます。

さて、ここからはお礼のお言葉を。

夜ノみつき様、今回もイラストの仕事を引き受けてくださり、誠にありがとうございます。

私の細かい注文にも、快く応えてくださり感謝いたします。

届いたイラストを見て、相変わらず『おぉー！！』と叫んでおります（笑）。

もし続刊できるなら、引き続きよろしくお願いいたします。

担当の阿南《あなん》様、今回は多忙なところ、色々と質問をしてご迷惑をおかけしました。

そんな中、色々と動いてくださりありがとうございました。

また落ち着いたら、ゆっくりお話しできたら嬉しいです。

担当の井澤《いざわ》様、今回も私の作品を一緒に作ってくださりありがとうございました。

内容や表紙について、真摯に意見を交換してくださる編集者さんで良かったと思っております。

もし続刊できたなら、また一緒にお仕事できたら嬉しいです。

改めまして読者の皆様へ。

一巻に引き続き、本作品を読んでくださりありがとうございます。

二巻を出せたのも、皆様のおかげでございます。

最後に、この本を手に取ってくれた方々。そして、この本の制作に関わった全ての方に感謝いたします。

それでは、三巻でお会いできることを願って。

電撃の新文芸

国《こく》王《おう》である兄《あに》から辺《へん》境《きょう》に追《つい》放《ほう》されたけど平《へい》穏《おん》に暮《く》らしたい②
～目《め》指《ざ》せスローライフ～

著者／おとら
イラスト／夜《や》ノ《の》みつき

2023年5月17日　初版発行

発行者／山下直久
発行／株式会社ＫＡＤＯＫＡＷＡ
〒102-8177　東京都千代田区富士見2-13-3
0570-002-301（ナビダイヤル）
印刷／図書印刷株式会社
製本／図書印刷株式会社

【初出】……………………………………………………………………………………………………
本書は、2021年から2022年にカクヨムで実施された「第7回カクヨムWeb小説コンテスト」異世界ファンタジー部門で《特別賞》を受賞した「国王である兄から辺境に追放されたけど平穏に暮らしたい～目指せスローライフ～」を加筆、訂正したものです。

ISBN978-4-04-915033-9　C0093　Printed in Japan

●お問い合わせ
https://www.kadokawa.co.jp/（「お問い合わせ」へお進みください）
※内容によっては、お答えできない場合があります。
※サポートは日本国内のみとさせていただきます。
※Japanese text only

ファンレターあて先
〒102-8177
東京都千代田区富士見2-13-3
電撃の新文芸編集部
「おとら先生」係
「夜ノみつき先生」係

チュートリアルが始まる前に
ボスキャラ達を破滅させない為に俺ができる幾つかの事

著／高橋炬燵
イラスト／カカオ・ランタン

この世界のボスを"攻略"し、あらゆる理不尽を「攻略」せよ！

目が覚めると、男は大作RPG『精霊大戦ダンジョンマギア』の世界に転生していた。しかし、転生したのは能力は控えめ、性能はポンコツ、口癖はヒャッハー……チュートリアルで必ず死ぬ運命にある、クソ雑魚底辺ボスだった！　もちろん、自分はそう遠くない未来にデッドエンド。さらには、最愛の姉まで病で死ぬ運命にあることを知った男は——。

「この世界の理不尽なお約束なんて全部まとめてブッ潰してやる」

男は、持ち前の膨大なゲーム知識を活かし、正史への反逆を決意する！『第7回カクヨムWeb小説コンテスト』異世界ファンタジー部門大賞》受賞作！

電撃の新文芸

もふもふと楽しむ無人島のんびり開拓ライフ

～VRMMOでぼっちを満喫するはずが、全プレイヤーに注目されているみたいです～

著／紀美野ねこ
イラスト／福きつね

未開の大自然の中で
もふっ♪とスローライフ！
これぞ至福のとき。

　フルダイブ型VRMMO『IRO』で、無人島でのソロプレイをはじめる高校生・伊勢翔太。不用意に配信していたところを、クラスメイトの出雲澪に見つかり、やがて澪の実況で、ぼっちライフを配信することになる。狼（？）のルピとともに、島の冒険や開拓、木工や陶工スキルによる生産などを満喫しながら、翔太は、のんびり無人島スローライフを充実させていく。それは、配信を通して、ゲーム世界全体に影響を及ぼすことに——。

電撃の新文芸

ドラゴン様の召使、竜使いを引退してギルドマスターになる。2

ド田舎村から世界滅亡の危機に!?
勇者パーティVS伝説級ドラゴン
ほのぼのギルド経営ライフ、第2弾!

元勇者パーティでドラゴン使いのルルは、炎龍スルトとともに囲われ村のギルドマスターへと転職した。今日も平和なド田舎村に事件など起きないはずが、なぜか魔王討伐の最前線にいるはずの勇者エンナと一息で世界を滅ぼす伝説のドラゴンたちが村に押し寄せてきて……そして、ルルにパーティへと戻って欲しいエンナとルルを竜の里へと連れ戻そうとするドラゴンたちによるルル争奪戦が勃発！　勇者ＶＳドラゴン、これは世界が滅ぶ予感——!?

著／相原あきら
イラスト／中林ずん

電撃の新文芸